更具体地生长

All This Wild Hope

"一切文字都必须无拘无束地
从我的内心生长出来。"

"让我们为自己保留一些心愿吧！
这样平日里想起来会觉得有活头。"

Robert Walser
1878—1956

WANDERUNGEN MIT
ROBERT WALSER

CARL SEELIG

与瓦尔泽一起散步

[瑞士] 卡尔·泽利希 著

姜勇君 译

GUANGXI NORMAL UNIVERSITY PRESS
广西师范大学出版社
·桂林·

图书在版编目（CIP）数据

与瓦尔泽一起散步 /（瑞士）卡尔·泽利希著；姜勇君
译.--桂林：广西师范大学出版社，2022.10（2025.5重印）
ISBN 978-7-5598-5311-0

Ⅰ.①与… Ⅱ.①卡… ②姜… Ⅲ.①日记-作品集-
瑞士-现代 Ⅳ.① I522.65

中国版本图书馆CIP数据核字（2022）第153212号

YU WAERZE YIQI SANBU
与瓦尔泽一起散步

作　　者：（瑞士）卡尔·泽利希
责任编辑：谭宇墨凡
特约编辑：夏明浩
装帧设计：山　川
内文制作：陆　靓

广西师范大学出版社出版发行

　广西桂林市五里店路9号　邮政编码：541004

　网址：www.bbtpress.com

出版人：黄轩庄

全国新华书店经销

发行热线：010-64284815

北京启航东方印刷有限公司印刷

开本：787mm×980mm　1/32

印张：9　　　字数：104千

2022年10月第1版　2025年5月第7次印刷

定价：58.00元

如发现印装质量问题，影响阅读，请与出版社发行部门联系调换。

当今世界如巨大的机器，
处于轮下的我们，如果不对个人的存在
授以独特而高贵的圣职，
将会多么煎熬。

——雅各布·布克哈特
致信阿尔贝特·布伦纳，1855 年 10 月 17 日

1. Juni 1942
(Schtitwe)

Robert Walser

1936 年
7 月 26 日

　　我们之间的关系始于几封克制的信；信的内容简短，只是事务性的询问与答复。我得知，罗伯特·瓦尔泽于 1929 年初，作为精神病患者被送入伯尔尼的瓦尔道疗养院，并于 1933 年 6 月起，作为外阿彭策尔州疗养与护理机构的病人生活在黑里绍。我感到有必要为他著作的出版和他本人做点什么。在我看来，所有当代瑞士作家中，他的个性最为独特。他同意我去拜访他。就这样，在这个星期日的大清早，我从苏黎世搭车前往圣加仑，漫步穿过城市，在大圣堂聆听了关于"才干的浪费"的布道。当我到达黑里绍，教堂的钟声响了起来。我向疗养院的主任医师奥托·欣里希森医生表明了来意，他允许我和罗伯特一

黑里绍疗养院

道散步。

这时，这位五十八岁的诗人*在一个看护的陪同下步出毗邻的房子。他的外表惊到了我。一张孩子般的圆脸，像是被闪电击中过，脸颊、眼睛和短髭须分别呈红色、蓝色和金色。两鬓已灰白，衣领已磨破，领带有点歪；牙齿的情况也

---

* Dichter 除了"诗人"，亦有"作家"之意，不过是创造性的作家。

不太好。当欣里希森医生想要给罗伯特扣上马甲最上面的扣子时，他表示拒绝："不，它必须这样敞开着！"他说着一口悦耳的伯尔尼德语，就好像他从比尔的青年时代起就说伯尔尼德语。在与医生匆匆告别后，我们朝着黑里绍火车站的方向走去，前往圣加仑。这是一个炎热的夏日。路上我们碰到很多去上教堂的人，他们友好地向我们打招呼。罗伯特的姐姐莉萨曾提醒我，她弟弟异常多疑。我可以做什么呢？除了保持沉默。他也保持沉默。我们在沉默搭起的窄桥上相会。顶着发热的脑袋，我们漫步穿过丘陵起伏的乡间，树林和草地组成一派静谧的风光。罗伯特偶尔会停下来，点燃一支马里兰牌香烟，放到鼻子底下闻一闻。

在洛希利巴德用的午餐。血红色的贝内克葡萄酒和啤酒，让我们之间的气氛开始有了一丝缓和。罗伯特告诉我，世纪之交以前，他曾在苏黎世的瑞士信贷银行和州银行工作过，不过每次时日都不长，只为了挣到能再次写诗的自由。人不能同时侍奉两个主人。正是在这段时间，他完成了自己的第一本书《弗里茨·科赫尔的作文集》，并于1904年由因泽尔出版社出版，其中的十一幅插画出自他的哥哥卡尔之手。这本书没有给他带来一分钱，书商一看它卖不动，很快就低价处理掉。对文学小圈子的疏远导致他在经济上严重受损。但到处盛行的偶像崇拜简直让他恶心。它让作家降格到擦鞋童的地位。是的，他感到自己的时代已经过去。但这反而让他冷静。人近六十之时，得能够领悟另一种存在。他写他的那些书，无非就像一个农民播种，收割，嫁接，喂养家畜，清除厩肥，既是出于责任感，但也是为了糊口。"对我来说，这只是一份工作，就像其他任何工作。"

他的写作最多产的时期是在柏林的七年，以及随后在比尔的七年。那时没人逼迫他，也没人支配他。一切都可以平静地生长，就像苹果长在苹果树上。从人的立场看，第一次世界大战之后的那些年，对于大多数作家来说是个可耻的时期。那时的文学透着尖刻和恶毒的特质。然而文学必须散发爱的光芒，必须是人道的。仇恨不应成为驱动力。仇恨是无益的。就在那时，在可怕的狂欢中，他的创作力开始衰退……文学奖在假救世主或者学院派之间分配。好吧，对此他无能为力。但他至死不会向任何人折腰。顺便说一句，拉帮结派和搞裙带关系的人总是会自毁前程。

在这些谈话中间，罗伯特表示很敬佩陀思妥耶夫斯基的《白痴》、艾兴多夫的《一个无用之人的生涯》以及戈特弗里德·凯勒的那些阳刚而果敢的抒情诗。相反，里尔克则应该被放在老处女的床头柜上。至于耶雷米亚斯·戈特赫尔夫的作品，最让他感到亲近的是《乌利》系列的两部；其他的则不太合他的趣味，太闹，道德的寓意太浓。

1937 年
1 月 3 日

我们徒步经过圣加仑和施派歇尔到达特罗根，这地方我在州立学校就读的时候就很熟。午饭是在舍夫利克旅店吃的。我点了一瓶浓烈的布赫贝格葡萄酒，以向我母亲的祖辈致敬，他们在莱茵河谷的布赫贝格经营了数百年的葡萄园。收音机本想给人助兴，却让人倒胃口；正播放一出施瓦本喜剧。——午后，在忧郁的雪中爬加布里斯山，还是军校少尉的我，曾从乡村医生那里借来一把厚重的剑，在那里留下滑稽的照片。时而有刺骨的东风吹来。罗伯特没有穿大衣。在回去的火车上，仿佛点燃了心火，他的脸焕发着光彩。深刻而痛苦的纹路，从鼻梁一直延伸到他格外鲜红丰满的嘴唇。圣加仑火车站月台上的小石子闪闪发光。罗伯特的眼里含着泪光。激动而仓促的握手。

下面是我们谈话的摘录：

从1896年秋到1903年春，他断断续续地待在苏黎世。先是在苏黎世贝格，继而在斯皮格尔巷子和西普菲，也在奥瑟吉尔小住过。——他在柏林也待了七年（从1906年到1913年），而接下来的七年则是在比尔。他已多次注意到，7这个数字在他的生活中周期性地出现。

在柏林－夏洛滕堡，他先是和哥哥卡尔同住在一个两居室的公寓里，后来自己一个人住。出版商布鲁诺·卡西尔终于拒绝继续给予他资助。一位高尚而富有的女士接手，照顾了他两年。1913年，这位女士去世后，他只好回到故乡。有很长一段时间他依然怀念勃兰登堡森林的寂静之美。从1921年开始，大约有八年时间，他住在伯尔尼。古老的传统有助于他的诗歌创作，酒精与安逸带来的诱惑则起了负面作用。"在伯

苏黎世弗罗绍
巷 18 号。1904 年 1
月，瓦尔泽曾住在
这里

霍廷根的策尔特韦格，瓦尔泽在苏黎世的至少 17 个住址之一

尔尼，我有时如同着了魔。我就像猎人追捕猎物一样捕捉诗意。漫步穿过街道，在城郊作长距离的徒步，最能带给我心灵的收获。然后我会在回到家后，把它们记录在纸上。任何好的作品，即使短小得不行，都需要艺术灵感。对我来说毫无疑问，诗人的工作只有在自由中才能开花结果。我的写作状态最好的时候是上午和夜间。从下午到晚上这段时间会让我变得迟钝。那时候，我最好的主顾是由捷克政府资助的《布拉格报》，其副刊主编奥托·皮克发表了我寄去的所有作品，包括那些被其他报社像回旋镖一样退回来的。我以前也常给《极简主义》投稿。尽管它以缺乏幽默感为由多次拒绝我的稿件，可一旦接受，就会支付丰厚的稿酬。一篇小故事至少五十马克，这对我的口袋来说是一笔小财富。"

我问："也许疗养院的环境和住在这里的病人会为您的小说写作提供素材？"

罗伯特说："我不这么认为。不管怎样，只

要我待在疗养院里，我就无法把它搬入文字中。欣里克森医生曾给我一个房间供我写作，但我坐在那里就像被钉住一般，什么也写不出来。如果我在疗养院外面自由地生活个两三年，或许可以迎来大的突破。"

"您究竟需要多少钱才能维持作为一名自由作家的生活？"

罗伯特想了想，说："估计一年得一千八百法郎吧。"

"只要这么多？"

"是的，这就足够了。我年轻的时候，经常不得不一个硬币掰成两半花！一个人没有物质财富也能活得很好。然而，我无法委身于报社和出版商。我不想做出我不能兑现的承诺。一切文字都必须无拘无束地从我的内心生长出来。"

随后，他又说："如果可以重回三十岁，我将不会再像一个轻浮的浪漫主义者那样胡写，以奇崛为趣，不食人间烟火。人不应该否定社会。

人必须生活在社会中，或为之斗争或反对它。这是我那些小说的缺陷。它们过于古怪，自反的色彩过重，构思往往过于草率。我不顾艺术创作的规律性，一味凭着兴头写。如果《坦纳兄妹》出新版，我会删去七八十页；现在我认为不应在公众面前如此毫无避讳地评判自己的兄弟姐妹。"

我说："最近我怀着极大的热情阅读了您的《雅各布·冯·贡腾》，这本书是在哪里诞生的？"

"在柏林。其中绝大部分都是诗意的想象。有点冒失，不是吗？在我那些篇幅较长的书当中，我最喜欢的也是这本。"他停顿了一下，又说："我经常发现，一个作家对情节的需要越少，生活的圈子越小，他的天赋就越重要。对于那些擅长情节，需要为他们的人物提供整个世界的作家，我一开始就持怀疑态度。日常事物已足够美丽和丰富，从中可以迸射出诗意的火花。"

我们又聊到剧作家奥古斯特·冯·科策比，

罗伯特很欣赏他的优雅和谈吐的从容。他回忆道，科策比在 19 世纪初曾被流放到西伯利亚达一年之久，并就此经历写了两卷本的回忆录。他的结局也颇有戏剧性，死在了极端爱国的兄弟会成员卡尔·路德维希·桑德手中。作为席勒和歌德的批评者，科策比充当了反动的绊脚石。——罗伯特认为，只要瑞士文学还沉迷于乡土事物，它就不可能进步。它必须成为世界性的，必须向世界敞开，而抛弃其狭隘的、贴着土地匍匐而行的小农倾向。他称赞乌里·布雷克这个可怜的托根堡人，以及他的关于莎士比亚的论文。还有戈特弗里德·凯勒，罗伯特赞叹其具有与当今作家完全不同的、更伟大的理想，他的《一个美丽的传说在游荡》罗伯特从头到尾都在引用，还说凯勒的《绿衣亨利》仍是一本极富教育意义的书，值得一切时代的人阅读和喜爱。"前不久疗养院的一位女职员想要强行给我推介施蒂弗特的《维提科》。但我告诉她，我对大部头的小说没兴趣。施蒂弗特的自然研究对我来说就够了——他将人类如此和谐地置于那些无比细致的观察之中。但是对于托马斯·曼'大腹便便'的'约瑟夫三部曲',您怎么说呢?怎么会有人敢于将一个取材自《圣经》的故事搞得那么大?"

关于革命,他说:"在城市之外发动起义的想法是荒唐的。如果不能拥有城市,就无法获得民心。所有成功的革命都是从城市开始的。所以我认为,西班牙内战肯定会以政府的胜利告终。"

"威廉二世时代迎合了艺术家们的我行我素和夸张举止,事实上简直是纵容了这种怪脾气。然而,艺术家们也须适应法律。他们决不能成为小丑。"

1937 年

6 月 27 日

　　我们从大雾弥漫的圣加仑出发，乘坐邮车前往里赫托贝尔，再从那里步行至海登和塔尔村，这个村庄依偎在如同绿色摇篮一般的山谷里，是我母亲那边的祖先的故乡。午饭后我们穿过布赫贝格的葡萄园，上行至石桌酒吧，站在那里可饱览博登湖周围广阔的风景。之后我们冒着强雷雨穿过田园诗般的小村庄布亨，翻越罗尔沙赫山到达罗尔沙赫。回来搭的火车。

　　"您知道我的厄运是什么吗？听好了！所有那些自认为有权利对我指手画脚、评头论足的有心人，都是赫尔曼·黑塞的狂热追随者。他们并不信任我。对他们而言，只有这样一种'非此即彼'：'如果你不像黑塞那样写作，那么你就是且永远是不入流的。'他们如此极端地评价我。他们不信任我的工作。而这就是我最终被送入疗养院的原因。我始终缺乏一个光环,而只有拥有它,人才能在文学界出人头地。像什么英雄主义啊,殉道者啊,这类光环都是通往成功的阶梯……人们把我看作冷酷无情的人。所以没人认真把我当回事。"

顺带的评论:

"报纸一发笑,人类就哭泣。"

"自然不需要努力使自己变得有价值。它本身就是有价值的。"

"如果耶雷米亚斯·戈特赫尔夫还安心地活着,会有多少诺贝尔奖获得者早已被遗忘啊!只要有伯尔尼州,就会有耶雷米亚斯·戈特赫尔夫。"

"作家 C. F. W.:他看上去就像个蹩脚演员。"

"幸福于作家而言并不是好素材。它太过自

足。它不需要评论。它可以像刺猬一样蜷缩在自己的体内睡觉。相反，遗憾、不幸以及滑稽，则充满爆炸性的力量。你只需在恰当的时刻点燃，它们就会像火箭一样冲上天空，照亮整个大地。"

1937 年

12 月 20 日

天下起了小雪。罗伯特站在月台上，没有穿大衣，只是手里拿着一把像香肠一样卷起来的雨伞。他好像并不觉得冷。我们漫步穿过圣加仑，前往"吉尔格"餐厅，那里没别的客人。身材高大的女服务员眼睛内斜，从罗伯特背后与他擦身而过，后来他对她念念不忘。"我们应该待在那里！"在集市吃午饭的时候，我说现在招待我们的女服务员比刚才那个漂亮多了，她有一双如此匀称的腿，他说：这对他来说并不重要。他看的是一个人的整体，尤其是气质。

我们在一家成衣店为罗伯特试穿了几款西装。老板以为他是我父亲。但成衣都不合他的身，因为他驼背得严重。他想买一件"土气一点的，无论如何都不会引人注目的衣服"。得量尺寸，接受手指的各种触碰，而这让他变得越来越紧张，并开始面红耳赤，所以我什么都没买，就带他逃了出来。

昏暗的巴伐利亚啤酒馆。烈性的啤酒。罗伯特很喜欢这里。他一根接一根地点燃巴黎女人牌香烟，用不加修饰的讽刺语气问我，他在伦奇出版社出版的选集《伟大的小世界》是否让我赚到了一笔。他称赞维兰德和莱辛，但认为马修斯·克劳迪乌斯太幼稚。他说："我从不嫉妒经典作家。相反，我会嫉妒二流作者，尤其是威廉·拉伯和施笃姆*。因为像他们写的那类中产阶级的温馨故事，我也能写出来。拉伯那种十足的温馨简直让我气愤。"

我问："这么说，您也嫉妒戈特弗里德·凯

---

* 威廉·拉伯（或译为维廉·拉贝，1831—1910），德国现实主义重要代表，著有《雀巷纪事》等。施笃姆（1817—1888），德国诗意现实主义的代表，其中篇小说《茵梦湖》在五四运动时期的中国大受欢迎。

勒咯？"

罗伯特笑着说："不，他毕竟是苏黎世人！"

我告诉他，伯尔尼文学促进委员会将给他颁发荣誉奖。他很高兴。

1938 年

4 月 15 日

　　罗伯特·瓦尔泽的六十岁生日。据我对他的了解，为他庆贺只会让他抗拒。我们在黑里绍火车站餐厅的重聚，以热气腾腾的奶酪烤饼和一杯啤酒开启，罗伯特说："新年以来我还从没沾过任何能让我的胃欢呼的东西！"我们迅速启程前往利希滕施泰格，这座托根堡地区的主要市镇在三十公里外。我们选了一条狭窄而荒僻的岔道，一路上只遇到几个去教堂的人。罗伯特经常驻足欣赏圆形山顶的妩媚、客栈的安泰、复活节天空的蓝色、一片幽静的风景或一块绿褐色的林中空地。

　　他不停地打喷嚏，因为一星期前他感染了流感。德格斯海姆，一个漂亮的村庄。翻过一座山就是利希滕施泰格，四个小时后我们到达那里。我们先是在镇广场附近吃了一顿丰盛的午餐，之后去一家糕点店，每人买了一袋比贝尔利饼干[*]。乘火车返回黑里绍。在车站餐厅喝啤酒，然后又在"瑞士十字"餐厅喝烈性的纳沙泰尔葡萄酒，罗伯特觉得在那里特别自在。他赞叹今天真是开心的一天，并且已经在盘算下一次的会面。他觉得维尔值得走一趟。在车站，我终于向他祝贺生日。他和我连连握手，在火车开动后跟着一起跑并一再向我挥手，直到火车消失在拐角处。

从我们的谈话中得知：

在柏林时，罗伯特曾在一个仆人学校待过一个月。他详细描述了许多仆人如何文雅地顺从。一位伯爵的贴身男仆雇他在上西里西亚的一座城堡工作。城堡位于山丘上，下面有个村庄。罗伯特负责打扫大厅、擦拭银勺、拍打地

---

[*] 阿彭策尔州的特色美食，两片甜姜饼中间夹着蜂蜜杏仁馅。

柏林的仆人学校

毯，而且作为"罗伯特先生"，他得穿着燕尾服工作。他在那里待了半年左右。后来他在《雅各布·冯·贡腾》里描述了这所仆人学校，不过将其重塑成一所男校。"但因为我有瑞士人所特有的笨拙，从长远来看，仆人的工作确实不太适合我。"当时的畅销书《从未寄达他的信》的作者、男爵夫人伊丽莎白·冯·海金曾到访该城堡，成为轰动一时的事件。

在当仆人的这段插曲告一段落后，他的画家哥哥卡尔将他引荐给了柏林的出版商萨穆埃尔·菲舍尔和布鲁诺·卡西尔；卡尔当时因为给马克斯·莱因哈特的《霍夫曼的故事》和《卡门》设计舞台布景而小有名气。卡尔经常和马克斯·李卜曼一起去荷兰和波罗的海画画。布鲁诺·卡西尔鼓励罗伯特写一部小说。于是《坦纳兄妹》诞生了，然而卡西尔并不是很满意。一个评论家认为，罗伯特的这部小说纯粹是由笔记凑成的。

话题转到马克西米利安·哈登，罗伯特偶尔会给他的杂志《未来》写些东西。他称赞哈登的贵族气质，认为他的那些出色的文章捕捉到了时代的特质。他甚至把哈登置于路德维希·伯尔内之上，后者的语调是他所欣赏的；至于德语世界最重要的记者，他说是海涅，认为他那爱捣蛋的性格非常适合这门职业。他还讲述了随着德国在"一战"中的惨败，哈登如何在逻辑上开始走下坡路。

在苏黎世的时候，罗伯特曾在埃舍尔－魏斯机械厂的办公室工作过几周，还给一个犹太贵妇当过一段时间的仆人。不过，对他来说，最美好的时光是在比尔度过的。"我和比尔当地人来往不多。和我聊天的都是'蓝色十字'的外地人，我在那里租了一个阁楼间。27号房间的租金为二十瑞士法郎，加上膳食费是九十瑞士法郎。我周围有很多女服务员，每个人的可爱不一样，还略带点我喜欢的法国风情。"

"那您后来为什么离开比尔？"我问。

"我那时很穷。而且我能够从比尔及其周边汲取的主题和素材也逐渐枯竭。这时我妹妹范妮给我写信，说伯尔尼有一个职位非常适合我。是在州档案馆。我无法拒绝。可惜半年之后，我和档案馆的主任闹翻，我的一句冒失的评论得罪了他。他解雇了我，我不得不重操旧业。不过在这座拥有强大活力的城市的影响下，我开

蓝色十字

始摆脱比尔时期的风格，不再像牧童那样写作，而是更像成人，不再那么拘泥，而是更加有超越民族的意识。结果——被瑞士首都的名声吸引——我获得了很多外国报纸的邀约与委托。我势必要寻找新的主题和想法。但过多的思考使我的健康受损。在伯尔尼的最后几年，我受各种稀奇古怪的梦境折磨：雷声、尖叫、扼喉、幻听，以至于经常大叫着醒来。有一次，我从凌晨两点的伯尔尼出发，六点走到图恩。中午爬上尼森山顶，在那里愉快地吃了一块面包和一罐沙丁鱼。晚上我又回到图恩，到达伯尔尼时已是午夜；当然，这一路都是步行。还有一次，我从伯尔尼步行到日内瓦过夜，再从那里走回来。我最早的游记之一要属《格里芬湖》，由约瑟夫·维克托·魏特曼＊发表在《联邦报》上。那时我就发现，要写一篇好的游记特别难。"

"文学作品必须像一套漂亮的西装，让人心动到想买下。"

"彼得·阿尔滕贝格＊＊：受人喜爱的维也纳小

＊ 约瑟夫·维克托·魏特曼（1842—1911），瑞士作家、评论家。1880—1910 年，凭着担任伯尔尼日报《联邦报》的文学编辑，在瑞士文学界占据权威地位，并提携了许多有才华的作家。他自己的创作则以游记著称。

＊＊ 彼得·阿尔滕贝格（1859—1919），奥地利作家、诗人，"青年维也纳"中非常有影响力的成员。犹太中产出身，但最终从法学院和医学院辍学，选择波希米亚的生活方式，培养起女性化的外表和笔迹。擅长在密切观察日常生活事件的基础上创作短小精悍的故事，大部分作品是在维也纳的各种酒吧和咖啡馆写的。从未取得商业上的成功，但其名声的好处，绝大部分在生前都享受到了。

香肠。但是'诗人'这项殊荣我不能给他。"

"如果奥地利人让一个洒脱迷人的女人当国家元首，他们或许就不会为纳粹倾倒。每个人都将拜倒在她的裙下，希特勒和墨索里尼也不例外。想想维多利亚女王或荷兰的女摄政！外交官总是乐于为女性服务。而再没有比奥地利女人更有魅力的奉承者！"

"只要我还是一个病人的状态，我就宁愿不去读我的同代人写的东西。保持距离是最恰当的。"

"如果一个艺术家缺乏爱，他的天赋有什么用？"

"耶雷米亚斯·戈特赫尔夫——我对他的感觉，正如裴斯泰洛齐小说《林哈德和葛笃德》中的那个女人说的：'牧师将我驱逐出了教会！'"

他半是恼怒半是好笑地谈到某位 A 夫人，这个他从青年时代起就认识的女人，现在是一个富有的邮政官员的妻子。就是这个女人，一边用软糖巧克力轰炸他，一边无礼地在信中戏弄他："我还是不能把您当回事！"在这方面，她在托马斯·曼那里找到了一个盟友，因为后者曾在一封信中毫不客气地将罗伯特降格为"聪明的孩子"。

1939 年
4 月 23 日

罗伯特表示想取道"德国"前往梅尔斯堡[*]，但又认为这样一个凉爽多云的春天的早晨，其实是为徒步旅行准备的。他问我走去维尔如何。为什么不呢！对我来说，和谐的气氛比旅行路线更重要。

罗伯特像往常一样随身带着雨伞；他的帽子越来越不成样子。腰带已完全被扯破。但他不想要新的。他讨厌新事物。他也不想修复已经严重损坏的牙齿。这一切对他来说都是负担；而我对此也不敢多说什么，尽管他最喜欢的姐姐莉萨托我看顾他来着。

---

[*] 德国东部城市，与黑里绍之间隔着博登湖。

姐姐莉萨（1874—1944）

我们不停地聊着天，用三个半小时从黑里绍走到维尔，感觉就像脚上穿着溜冰鞋滑行，轻松得不行。有时罗伯特会让我注意一片非常漂亮的草地、一列云彩或者一栋巴洛克式的豪华宅邸。他没有抗拒我给他照相。这让我很惊讶。我们只用一杯味美思酒作为"汽油"，这么快就走完二十六公里路，这让罗伯特很开心。在我们歇脚的第一个小酒馆，坐着两个满脸皱纹的老太太和一个年轻女人。她们在研究无线电广播里的节目，当我们要起身离开时，她们走到我们桌前同我们握手。

到维尔后，我们在饭店吃了饭，但还是觉得不解饿，于是遇到一家小吃店便停下来。一共吃了五家。罗伯特建议我们不要三点半就乘车返回戈绍。至少再多待两个小时。他希望今天尽可能和我多处一会儿。他现在经常盯着我的眼睛看；之前他用以筑起防线的距离和冷淡，现在已让位于无言的信任。开往黑里绍的火车要比我的晚两分钟出发。在我的火车开动的瞬间，他非常严肃地深鞠了两个躬。他是否想起了"罗伯特先生"，那个城堡里的仆人？这时我也鞠了两个躬，并喊道："下次去德国！"他用力地点点头，并挥动着他的帽子。

在散步开始时，罗伯特给我讲述了这样一桩诉讼：伦敦的一名律师被指控谋杀了自己的妻子。不过，他那和蔼而优雅的性格给法官们留下了好印象，以至于可以预期他将获得有利的判决。然而，被告却不这样想。他决定带着漂亮的女秘书——他正是为了她而谋杀了妻子——逃往美国。他在船上被捕了。对心理状况的误判让这个律师丢了脑袋。因为他试图逃跑，法官们就产生了怀疑。他们命人掀开厨房地板，果然在那里发现了已遭肢解的尸体。就这样，这个凶手亲手葬送了自己的性命。如果他继续扮演和蔼可亲的人，他很可能会被宣判无罪。寓意：你也许可以骗过他人，但从长远来看，绝不可能骗过自己。

"1913年，当我带着一百瑞士法郎从柏林回到比尔时，我认为尽可能不引人注意比较好。确实没什么可夸耀的。我在白天和夜里独自散步，其间的时间用于写作。终于，我耗尽了所有的题材，就像一头奶牛吃光了牧场的草。之后我就溜到伯尔尼。在那里一开始也比较顺利。但是有一天，《柏林日报》副刊编辑部给我寄来一封信，建议我停笔半年。可以想象我当时是多么惊恐。接着是绝望。是的，没错，我的才华已燃尽，就像烤炉已熄火。尽管有这样的警告，我还是强迫自己继续写作。其实我犯不着为这种可笑的事情苦恼。一直以来，我只能写好那些从我内心静静生长出来的东西，以某种方式被我体验到的东西。那时，我还笨手笨脚地好几次试图结束自己的生命，但我连一个合适的绳套都不会打。终于，我姐姐莉萨把我送进了瓦尔道疗养院。在走进疗养院的大门前我还问她：'我们这样做，对吗？'她没有回答，她的沉默已经足够。除了进去，我还能怎么做？

"声称我在疗养院里也能写作，不仅是荒谬的，更是野蛮的。作家能够创作的唯一基础是自由。只要这个条件没有得到满足，我就不会再写作。只给我纸、笔和房间是不够的。"

我说："我的印象是，您根本不想要这种自由！"

罗伯特说："没有人为我提供这种自由。因

此必须等待。"

"您真想离开疗养院吗？"

罗伯特（迟疑地）说："可以试试！"

"那您最想去哪里生活？"

罗伯特："比尔，伯尔尼或苏黎世——在哪里并不重要！生活在任何地方都可以是迷人的。"

"您真的会重新开始写作吗？"

罗伯特说："这个问题没法回答，除了不回答。"

最近几个月，罗伯特愉快地阅读了索伊默*的《步行去叙拉古》和他的历险自传、戈特弗里德·凯勒的《乡村的罗密欧与朱丽叶》，以及巴伐利亚自然派抒情诗人马丁·格赖夫的中篇小说《歌德与特蕾莎》。他说："艺术家必须取悦或

---

* 约翰·戈特弗里德·索伊默（1763—1810），德国政论家、作家。1781 年曾被贩卖到美国作战。1801 年徒步去意大利旅行，最后到达西西里岛的叙拉古。1808 年去俄国、芬兰和瑞典旅行。著有《步行去叙拉古》《我的 1805 年之夏》等。

折磨他的观众。他必须让他们哭或者笑。"——我告诉他，瑞士有个教师写过一本小说，其中有一部分以巴黎的妓院为背景。罗伯特回应说："粗制滥造的作家为了拯救自己的无能，有时什么都干得出来！"

关于国家："我觉得庸人才会纠缠着国家索要道德。国家的首要任务是变得强大，并保持警惕。道德必须始终是个人的事情。"

我问："我们要不要出去找个地方吃晚饭？"罗伯特说："吃什么呢？苏黎世小牛肉*都不能吊起我的胃口！我们还是再喝一杯吧！这能够让我感到愉快。吃吗，我经常可以吃。每天都会吃。但喝呢？我只有和您在一起的时候才能喝！"

---

* 苏黎世传统特色美食，将切成薄片或小块的牛肉混合奶油汁、蘑菇和白葡萄酒一起烹饪。有时还加上牛肝。

1940 年

9 月 10 日

罗伯特的头发越来越白；后颈处的一簇簇已成雪白。我们先用啤酒和两块芝士烤饼垫了一下肚子。我建议徒步去托伊芬——罗伯特的户籍所在乡镇。他表示赞同,并问:"沿着乡间小路走？"我:"是的，如果您喜欢的话。但现在正下着瓢泼大雨，瓦尔泽先生！"罗伯特:"那就更好了！人不能总是在阳光下行走。"

我们启程，经过洪德维尔和施泰因。雨下得就像从喷壶中倾倒出来。有一次我们在一个公交站躲雨，一位从未坐过汽车和火车的老太太坐在长椅上。我和她聊了起来。罗伯特则一言不发地站在旁边，抽起了我带给他的巴黎女人牌香烟。

在途中，我们聊到过温特图尔[*]的莱因哈特家族，他们热衷于赞助艺术事业。后来罗伯特话里有话地说："您今天看起来是如此莱因哈特！"

我问："为什么？"

罗伯特说："穿得如此考究，充满着贵族的气息。有点阴森森的！"

"我下午要去圣加仑参加一个亲戚的葬礼。"

罗伯特干巴巴地说："果然。"

他对很久以前的事情的记忆使人惊异。他能记得一大堆名字和他们的生活细节，如腓特烈大王、拿破仑、歌德和戈特弗里德·凯勒等。他认为凯勒选择在旧瑞士度过自己的七十岁生日不是偶然。[**]在这样一个日子，他本能地希望自己靠近民族的心脏。

对于用方言写作的尝试，他不以为然："我

---

[*] 瑞士第六大城市，位于苏黎世与圣加仑之间。

[**] 旧瑞士指乌里、施维茨和下瓦尔登，1291 年 8 月 1 日，这三个州在反对哈布斯堡王朝的斗争中结成永久同盟，即瑞士建国之始。凯勒于 71 岁去世。

有意从不用方言写作。我总觉得用这种手段讨好大众不体面。艺术家必须同大众保持距离。大众必须尊重艺术家。如果一个人将自己的才能用于力求使自己的创作比别人更加贴近群众，那他必定是个真正的傻瓜。——作家应该从根本上感到自己有义务高尚地思考和行动，并努力追求伟大。"

当我们把话题转移到在法国自杀的瓦尔特·哈森克勒费尔*时，罗伯特评论道："对父权的反抗不会不受到惩罚。还在柏林的时候我就已经感觉到，哈森克勒费尔的戏剧《儿子》是对所有父亲的冒犯。想要与永恒的法则抗争，是一种精神上不成熟的标志。你得冒着被永恒法则报复的危险。"

罗伯特钦佩独裁者对国家利益的那种不懈的

---

* 瓦尔特·哈森克勒费尔（1890—1940），德国表现主义诗人、剧作家。《儿子》（1914）是他的第一部戏剧，讲述了一个青年成为政治革命家并导致父亲之死的故事，成为"一战"后德国一代人的宣言。1933年逃离纳粹德国后，最终去了法国南部，1940年在集中营自杀。

冲动。必须无情才能生存，是独裁者的自然法：
"独裁者几乎总是从下层人民中崛起的，所以他
们清楚地知道人民渴望什么。他们通过满足自
己的愿望，来实现人民的愿望。——人民喜欢有
人为自己做点实事，喜欢有人时而像父亲一般
关爱他们，时而又严厉地要求他们。这样一来，
甚至可以把人民争取到战争中来。"

"您是否已经注意到，每个出版商只在一个
特定的时代兴盛？弗罗贝尼乌斯和弗罗绍尔的
作坊是在中世纪；柯塔是伴随着资产阶级的兴
起，卡西尔先生赶上了战前'甜蜜欢乐'的时
期，萨米·菲舍尔所处的是摆脱帝制的年轻德国，
冒险家恩斯特·罗沃尔特则是在战后的冒险时
期。每个出版商都需要适合自己事业发展的环
境，这样他们才能赚取丰厚的利润。"

在疗养院，有人建议罗伯特为主任医师奥
托·欣里克森医生的七十岁生日作首诗。"但我
怎么能做这种事情呢？这样的东西最好是自己

写，就像 J. V. 魏德曼那样，而且是以开玩笑的、讽刺的方式写。看看歌德和默里克！从他们那里，你可以学会如何面带微笑地挖苦自己。"

三个小时后，我们到达托伊芬，坐在那里的一个小肉铺，惬意地吃起苏黎世小牛肉、豆子和煎土豆丝饼。比起瑞士东部地区的葡萄酒，罗伯特更喜欢芬丹*。在喝黑咖啡的时候我们聊起了疗养院。我说："您有没有注意到，有精神创伤的主要是未婚男女？或许被压抑的肉欲对心灵有不利的影响？想想荷尔德林、尼采或海因里希·莱特霍尔德！"罗伯特迟疑了一会儿后说："我从未想过这个问题。但也许您是对的！——没有爱，人就会完蛋。"

---

* 瑞士西南部产的无甜味白葡萄酒。

1941 年
3 月 21 日

乘坐阿彭策尔州的火车前往盖斯，那里豪华的巴洛克式建筑令罗伯特心醉神迷。午饭是在"王冠"吃的。招待我们的女服务员身形高大，身材修长，拥有一张年轻的面孔，但头发全白。"她有着像天鹅一样的胸脯！"罗伯特低声对我说。

步行到托伊芬，那里是瓦尔泽家族的户籍所在地。根据镇办事处的说法，至少罗伯特的曾祖父约翰·雅各布·瓦尔泽就已经是托伊芬的公民，这位富有的医生和参议员从 1770 年到 1849 年生活在那里，和来自斯拜夏的妻子卡塔丽娜·欧格斯塔生了十二个孩子。至于罗伯特更早的祖先，镇里的登记簿里没有追溯。我们去参观村庄的时候，天下起雪来；后来又放晴了。但罗伯特对自己的家族史没有任何兴趣；他不耐烦地甩开这个话题，转而讲起了马克斯·道滕代这位膜拜沃尔特·惠特曼的世界胸怀的小说家和抒情诗人。"有一次我去慕尼黑拜访他，但只见到他夫人，她告诉我，她丈夫正在维尔茨堡。因此我就利用这个机会，穿着轻便的凉鞋和没有领子的衣服动身去往那里。大概用了十个小时多一点的时间，走了大约八十公里。之前我从没有那样快地走完那么长的路。当我到达那里时，脚上已满是水疱。"

"在慕尼黑，我经常和弗兰克·韦德金德[*]见

---

[*] 弗兰克·韦德金德（1864—1918），德国剧作家。父亲是一名医生和激进自由主义者，1848年德国革命失败后移居美国，在淘金中通过土地投机发家，并迎娶旧金山德国剧院的年轻歌手。在加州受孕，在汉诺威出生，为纪念父母在自由之国的求爱，取名本杰明·富兰克林。1872年随全家离开俾斯麦的德国搬到共和的瑞士。在学校受到排斥，被当成美国人，于是经常去看戏。1884年应父亲要求学习法律，但在1886年宣布打算成为作家，与父亲争吵后离家出走，前往苏黎世，为巡回马戏团担任秘书。1895年在挥霍掉父亲的遗产后，为巴黎的艺术品伪造者当秘书。1896年与斯特林堡的妻子发生关系，并有一子诞下。1899年因写诗讽刺德皇而被捕。代表作《春之觉醒》讽刺了当时社会对性话题的忌讳，引起了巨大的争议。

面。他问我从哪里弄来的这么一件漂亮的大方格西装。我说:'这是我在比尔花三十瑞士法郎买的。'"他对阿劳和伦茨堡有着美好的回忆,他正是在这两个地方获得灵感,创作了他第一部成功的戏剧《春之觉醒》。但对瑞士人来说,韦德金德太容易引起不快:太邪恶,流浪艺人的气息太浓。他们对骇俗者的憎恨是难以形容的。他回忆起韦德金德写的一段对白:"他应该凭什么在火车站认出你的母亲呢?"回答是:"凭她的绝望!"瑞士的理性主义者们是不会明白这种事情的。

"信不信由您:有一天,布鲁诺·卡西尔告诉我应该像戈特弗里德·凯勒那样写小说。我忍不住大笑起来。如果一个作家像我这样,第一本书没有得到认可,那真是一桩不幸。这样一来,每个出版商都认为自己有权建议他怎样才能最快地取得成功。这种诱人的耳语已经毁掉了许多性格懦弱的人。"

"至于音乐，应该把它保留给上层阶级。大量的音乐会使大众变得愚钝。如今，你甚至在每一个路边的小便池都能听到音乐。但艺术必须保持自身为一种普通人热切仰望的恩典。艺术不应该被降格为下水道。这种庸俗不仅是错误的，更是可怕的。真挚、优美和高雅，对于艺术不可或缺。——就我来说，一般情况下我根本不想听音乐。我更喜欢进行友好的交谈。不过，当我在伯尔尼爱上两个餐厅女服务员的时候，我渴望音乐，而且像着了魔似的奔向它。"

1941 年
7 月 20 日

在布满云层的天空下，罗伯特站在黑里绍火车站月台向我挥手，他没有买票就上到我所在的车厢："您同意我们坐这趟车继续向前吗？我可没钱！""当然！车票就直接在车上买吧！"他的衣领很干净，但领带完全是歪的。在走路过程中，他的领子渐渐走样。我注意到他后脑勺右侧有一大块秃斑。医生也已经和他说过这个事。

我们一直到乌尔奈施才下车。离开那个村庄后不久，我问他要不要停下来吃点东西。"不，最好不要。现在我们已经进入状态——得趁着这股劲！"路上行人很少，倒是有几个骑自行车的。罗伯特明显变得开朗、健谈，有好几次很随意地对我直呼"你"。他的嘴让我想起被鱼竿钓上岸时大口喘气的鱼：不大，有点圆，非常红，经常张开，下唇有点隆起。他的鼻尖则微微上翘。

在雅各布斯巴德水疗中心的对面，有一座像修道院一样的巴洛克式建筑，有可能是养老院。我问："要不要进去看看？"罗伯特说："好多东西从外面看要更漂亮。人不需要知道所有的秘密。我在生活中一直坚持这一点。在我们的此在中，有那么多陌生和奇异的东西，就像躲在爬满常青藤的墙背后，岂不是很妙？它们赋予此在一种难以言喻的魅力，而这种魅力正日益消失。如今，一切都被野蛮地觊觎和占有。"

我们在各种话题的陪伴下，走到阿彭策尔，在"王冠"喝了杯啤酒，吃了点果仁羊角面包。但罗伯特不想在那里逗留太久。因此我们继续向盖斯走去，步子总体迈得很快。盖斯也有一家"王冠"，我们点了豪华套餐，喝掉了一瓶博若莱葡萄酒。之后我们又去了一家糕点店，这才动身，经布勒前往圣加仑。半路遇到大雨。我们躲进

"巴伐利亚啤酒坊"，在那里慢慢等待衣服晾干。

罗伯特告诉我，我在州立学校时的朋友埃贡·Z.已经住进了他所在的病房，并且因为一个富有的工厂主的女儿——他相信自己能够娶到她——而与医生发生激烈的争论。他变得倔强和叛逆，也有一点傲慢，但在其他方面还算有趣、活泼，称得上是个聪明人。"他喜欢表现得很有男子气概，认为这样可以获得人们的感佩，结果反而使自己看起来像个小学老师。男子气概在他身上，就像被雨淋湿的裙子挂在衣架上。"他和邻屋的人说："瞧瞧瓦尔泽！他还能专心读书！"

当我告诉罗伯特我那位中学同学名叫"埃贡"时，他高兴地停下来，笑着说："好极了，好极了——这个伯爵的名字！它是如此寄寓深远。拥有这个名字的人简直应该过上小说般的生活。他难道不应该成为一名司汤达主义者？对于这个埃贡·Z.来说，女人只是他让自己飞得更高的秋千。但他的不幸在于，女人们不会向他屈身，因为他还是半个农民。"

罗伯特继续说:"几个星期前我们病房里还来了个邮递员,这个阔绰的男人天天绕着同一张桌子转,而且举止相当不雅。"

我问:"您好像不喜欢这样的邻居?"

罗伯特说:"为什么不喜欢?这样的怪人我们很欢迎。他们会给灰暗的疗养院生活带来色彩。"

他告诉我,奥托·欣里克森医生已经去世了。医生原名奥托·辛内尔克,出生于罗斯托克,1923年接管黑里绍的州疗养院。新的主任医师H. O. 普菲斯塔为欣里克森写了一篇出色的讣告,刊登在报纸上。然而对罗伯特来说,欣里克森始终像一个宫廷朝臣和马戏团演员的结合体。他可能很有魅力,尤其在圣诞节,但也很喜怒无常。欣里克森的喜剧《爱的乐园》在圣加仑的市立剧院上演时,他曾突然问罗伯特:"您听说过没有,瓦尔泽,我的剧本取得了成功?"

"您是怎样回答的？"

罗伯特说："我保持了沉默，就像这种情况下我通常会做的。克制是我拥有的唯一武器，也是地位卑微的我唯一能拥有的。但一个身居高位的七旬老人想通过浪漫喜剧来引起大家的关注，我认为是不得体的。有一次，医生还把他的剧本《可敬者特林博里乌斯》给了我。但我没有读。我得让他到死也不知道我对他这部剧的印象。还有一次，他坐到我身边来，问我在读什么。我回答说：'海因里希·乔克*。'欣里克森医生说：'竟然还有人读这种东西？'我也是沉默以对。人们是否还能读懂乔克！他是一个有洞察力的作家，同时又满怀高尚的情操。只要读一读《侏罗山的士兵》《金匠的村庄》，或者他的《自我展示》，在其中他讲述了自己和克莱斯特、裴斯

---

* 海因里希·乔克（1771—1848），德国自由派改革家、作家，不过其大部分时间是在瑞士度过的。他一开始写的是强盗和哥特式传奇，后来转向带启蒙倾向的道德故事，是他那个时代得到最广泛阅读的德语作家之一。

泰洛齐的相遇！多么可爱的人啊！不过他的那些以瑞士为题材的中篇，我经常只能像吃干木头一样硬往下咽，感觉不是他本人写的，因为他毕竟来自马格德堡。他纯粹是出于礼貌的姿态才写这些东西的。但是单靠礼貌无法创作出美味的文学。"

关于创造力的问题，他说："一个艺术家在年轻时过度地消耗自己是不好的，这样他的心灵会过早地进入休眠状态。戈特弗里德·凯勒、康拉德·费迪南德·迈耶和特奥多尔·冯塔纳都是将他们的创造力贮存到老年才发挥出来！当然没有对他们造成不利。"

我问："那您的情况又如何？"

"在伯尔尼的最后几个月里，我感觉我的脑袋被钉住了，根本找不到任何创作的题材。顺便说一句，戈特弗里德·凯勒在担任苏黎世州书记官的时候*或许也有过类似的经历。总是围

---

* 1861 年获得任命，1876 年辞职，共十五年。

绕着同一个东西转会使人晕倒。"

"您的这种观点对于很多艺术家来说并不成立，比如耶雷米亚斯·戈特赫尔夫，他可是始终生活在相同的氛围中。"

罗伯特知道我对戈特赫尔夫的热爱，有意要作弄我一下："我仔细研究过戈特赫尔夫，我相信我可以说您是错的。他的情况也一样。只不过他有一张大嘴巴。他只是管不住自己的嘴，这个傻瓜。他总是一定要去纠正每个人，直到他们再也无法忍受看到他，到头来挫伤了自己生活的勇气。我并不是说他错了。他是一个重要的作家，一个强有力的布道者，对自己的同胞怀有善意。但你休想反对自己的民族而不受惩罚。当戈特赫尔夫总是在外国人面前贬低他们，伯尔尼人必定会觉得受到了背叛。因为读他的主要是德国人……最了不起的还是歌德的社会本能，以及他那种可以为自己生命的每个时期都做出恰当规划的天赋。在这一点上，他无人能及。如果写诗写累了，他就进入地质学和植物学领域，用政务和戏剧活动来振作自己。他总是在发现让自己恢复活力的新源泉。"

关于尼采："他对没有女人爱他这一事实进行了报复。他自己也变得不爱了。有多少哲学体系不过是对失去的快乐的报复！"

谈到革命者："还记得法国的将军们如何因为猜疑、妒忌和野心而自相残杀，为拿破仑和一个国王铺平了道路？希特勒和斯大林可能也是这样得势的。也许俄罗斯会给他们俩掘墓。——格奥尔格·毕希纳在《丹东之死》中天才性地刻画了这种革命者的悲剧。"

关于他自己："我周围总有人密谋要驱赶像我这样的害虫。他们总是以一种高尚的傲慢，抵制不符合自己世界的一切东西。我从不敢贸然闯入那个世界，甚至窥视的勇气都没有。所以我就在中产阶级的外围，过着自己的生活，这样不好吗？我的世界不也有存在的权利，尽管它似乎是一个更加贫苦、无力的世界？

"您问我在哪里服的兵役？第二十五燧发枪营第三连，还有第一百三十四后备营。我和我的战友们总是相处得很好。但军官们经常说：'瓦尔泽，你这个懒散的家伙！'不过后来我就见怪不怪了。"

1942 年

5 月 11 日

　　一次难忘的森蒂斯之行！天空就像驴皮一样灰蒙蒙的。我为自己没有带来更友好的天气而向罗伯特道歉。他说："人总是顶着明媚的阳光生活吗？难道不是光与影，赋予生命以意义？"他嘴里吐着雪茄烟，走进我所在的车厢。我们一起前往乌尔奈施，首先聊到了黑里绍，从火车上看不到它那些古老而美丽的村庄。作为一个市镇，黑里绍是阿彭策尔工业的蜂巢。内外两个阿彭策尔再没有比这里人口更密集的市镇。不过，在 1862 年特罗根举行的州民大会上，经过与托伊芬的艰苦斗争，黑里绍人才获得为联邦建造营房的荣誉。经过十四轮的表决后，才宣布了最终结果。据罗伯特讲，打地基的时候发现

瓦尔泽，1942年。作者拍摄

下面是沼泽地，大议会还为此进行了一番有趣的讨论。有人建议，"兵营一开始就应该建三层而不是两层，这样，即便第一层陷下去，也还会有两层！"不过，涌向黑里绍的有时不止新兵，还有人带着小病来这里求助于自然疗法和牙医。

我们就这样聊着天，来到山谷中的乌尔奈施，葱绿的草地映入眼帘。1673 年，最后一头重达两百磅的熊在这里被杀死。当我们乘坐橙黄色的邮车穿过村子时，一群顽拗的棕牛堵在路中间，三个抽着镶银烟斗的牧民正把它们往高山牧场赶，而一只阿彭策尔山区牧犬像一名紧张的军士长来回奔跑着。从施韦加尔普到森蒂斯峰顶的悬空缆车开通于 1935 年 8 月，我们是唯一的顾客。当我们经过五十一米高的桥塔驶入高处，感觉就像坐在探空气球上，进入将整个森蒂斯山变成热气腾腾的洗衣房的浓雾之中。可惜的是，两千一百米的距离——需要克服一千二百米的高度差——只用十分钟就完成了。我们觉得这趟缆车之旅非常刺激。冰块和雪片开始像狂暴的冰雹砸向车窗。如果将鼻子紧贴在冰冷的玻璃上，可以看见白雪覆盖的石灰岩峭壁，就像独眼巨人带有威胁性的胸脯逼近我们，让我们感受到霍德勒*画作里的那种力量。我们似乎无法理解，当年为何有那么多的声音反对修这条索道。不是还有好多条通往森蒂斯峰顶的途径吗？最坏的情况，也只是有些不懂礼貌的游客会打扰到徒步旅行者。为什么年老体弱者就不能有机会享受壮丽的阿尔卑斯山？我们一边自问，一边欣赏着眼前扣人心弦的气象奇景。

利用这两个小时的逗留时间，我们去拜访了联邦气象监测员。冰冷的东北风拍打着我们，我们没有穿大衣，也没有戴帽子，就这样在齐膝的雪地中，艰难地向小石屋走去，来自伯尔尼的恩斯特·霍斯泰特勒和他的妻子在那里已经

---

* 费迪南德·霍德勒（1853—1918），瑞士最重要的画家之一，早期写实，后期转向一种个人式的象征主义，他称之为"平行主义"。

生活了十一年，其中四分之三的时间被冬天围困，除了自己，没有任何人陪伴。每年只有一次，他们会利用为期三周的假期，去苏黎世看望儿子，逛逛高雅的商店，看看马戏团的表演。但是人体的气息、城市的闷热以及发动机的转动很快让他们厌烦，他们便前往伯尔尼高地或瓦莱州的山地旅游。当我们在这个气象监测员的小屋里取暖时，他说："一个人必须抛弃在低地生活时的所有习惯，才能忍受这里的孤独。"他对很多登山者和摄影爱好者有点怨言，因为他们的闯入常常使得他的工作性质变味。他每天大概工作十六小时。第一份报告在欧洲中部时间早上六点半，发送给军方的气象台。随后的五份报告则在军方、杜本多夫机场和苏黎世的联邦气象局之间交换。最后一次观测在晚上九点半进行，但观测结果只用于天气评估。所有这些，除了需要一套复杂的仪器，还需要精确地知道如何用可分解成五百个符号的国际气象电码来表示四十五种不同的云，只有这样，报告才有实际价值。在气象监测员的整个解释过程中，罗伯特都静静地坐在沙发上。但是当我们艰难地穿过雪地朝小酒馆走去，他说："大雪让我们无法看到山，却让我们看到了两个人的命运，同样有意思！"

在小酒馆里，我们了解到，森蒂斯向国际游客开放还不到一百年。1846 年才有第一间避雨棚屋，第一家小旅馆要到二十年后，联邦气象观测站的建成则是在 1887 年。1922 年，这里发生过一桩谋财杀人案，哈斯夫妇惨遭毒手。1832年*7 月 5 日，又有一场悲剧上演，来自德尔斯贝格的瑞士三角测量工程师安东·布赫瓦尔德上校，在制作全景图时被雷电击中。站在他旁边的助手丧生，而他的左半边身体瘫痪。尽管如此，他还是会经常走到或者说爬到托根堡，以提醒

---

* 原文如此。

乡亲们。

因此，在结束森蒂斯之旅后，从乌尔奈施徒步去往阿彭策尔时，我们不缺话题。路上，我们看到几个刺绣女工坐在木屋的狭窄窗户里绣着花押字，她们拥有南欧人一般的精致面孔。罗伯特说，她们必须从早到晚地努力工作，一天也就挣个四瑞士法郎。在黑里绍，我建议："让我们再喝一杯葡萄酒，为阿彭策尔干杯！""可以！"他回答道，礼貌性地掀了掀他的旧毡帽。

1943 年

1 月 28 日

从黑里绍到圣加仑的长途步行相当艰难，因为路上有冰雪。我们在火车站餐厅借咖啡和香烟取暖。买奶酪时需要用到食品配给卡，罗伯特对此相当惊奇。有轨电车穿过空荡荡的街道，将我们带到终点站海里西克罗伊茨。乘务员愉快地给我们解释了去博登湖的路线。从教堂的左边经过，快步穿过昏暗的树林，来到圣彼得与圣保罗狩猎公园。看到岩羚羊、鹿和狍子像童话里的人物一样从浓雾中冒出来，罗伯特喜形于色。走到公园餐厅附近时，我们已经把乘务员那复杂的指示忘得一干二净，于是拐进一条街，向两三个路人打听。他们听说我们要走去那么远的地方，觉得很好笑。在一家招牌上写着"向日"

的小酒馆，我们点了味美思酒，还点了热奶酪烤饼，味道好极了。之后，胖乎乎的女服务员告诉我们，我们离一个半小时前下车的电车站不远。所以我们又回到那里，然后沿着宽广的军用公路，向罗尔沙赫方向走去。当我们在两个小时后到达时，十二点钟刚敲不久，主街如教堂墓地般安静。罗伯特的衣领和领带在长途步行中松开了。我建议他把它们塞进上衣口袋。他却消失到港口的卫生间里去整理自己。等他出现时，领子和领带都是歪的。我告诉他，女人们无论怎样都会喜欢他。他笑了笑，安下心来。我们悠闲地在镇上漫步。罗伯特经常被商店的橱窗和房子惊叹得驻足不前。罗尔沙赫优雅的巴洛克风格吸引着他，让他几乎无法把自己拽走。

最后，我们决定去一家挨着肉铺的小酒馆"葡萄"吃点东西。但店堂里只坐着老板娘和一个手里捧着一碗玉米的金发小姑娘，她们说："在这里你们什么也吃不到！"厨房里的灶是冷的。在研究了另外几家餐厅的菜单后，我们选择了"邮局"，这是一位海关官员推荐给我的。我们喝着布赫贝格红葡萄酒，点了每日特色菜，真的很不错：煎小牛肝配土豆泥、菜豆和豌豆。我们把盘子吃得精光，之后在一家甜食店喝着黑咖啡继续闲聊。回到圣加仑后，我在那里的一家书店为一个朋友买了果戈理的中篇小说《外套》。罗伯特没有穿外套，手里提着一把卷起来的雨伞，像山精一样领我穿过狭窄的小巷，仿佛在追随一种气味。我不想打扰他，像羔羊一样跟在后面。到了市立剧院附近，我意识到，他是在找我们之前去过的那家昏暗的"巴伐利亚啤酒坊"。当我们坐在那里时，他显然有在家的感觉，竟然难得地开始讲起自己。我们还去市场买了他喜欢吃的橙子，并从一个右臂残疾的大嗓门女商贩那里买了温热的栗子。临别时我们在火车站餐厅喝了一杯。罗伯特多次说："这真是愉快的一天——您不觉得吗？下次去比绍夫斯采尔如何？"我再一次注意到，他那血红色的肉感的双唇，看起来就像从水里钓上来的、快要渴死的鱼的嘴。仿佛在喘气。

他讲自己的青年时代：

"我在比尔上的小学和中学，之后在州银行当了三年学徒。1895 年春，我前往巴塞尔，在施派尔银行和航运公司当文员，但我在那里只待了三个月。我的哥哥卡尔当时在斯图加特为一个装饰画家工作，他建议我也去那里。因此，在看到一家德国出版社发布的广告后，我就去应聘，并获得广告部的一个职位。我在那里一直待到 1896 年秋天。之后我去了苏黎世，一开始在一家保险公司干，后来又在一家信贷机构。在这期间我经常无业，就是说，我只要稍微攒了点钱就辞职，为了能够不受干扰地创作。根据我的经验，要想做好一件事情，就必须全身心地投入其中。写作也需要人付出全部的力量。

受坚信礼的瓦尔泽

瓦尔泽在苏黎世，约 1900 年

是的，它完全就是要把你榨干。可以说，将写作作为副业，就像阿拉贝斯克芭蕾舞姿 *，很难创造出持久的东西。《弗里茨·科赫尔的作文集》的部分内容，包括关于画家的那篇，就是那时写的，在斯皮格尔巷——列宁曾在这里住过，而格奥尔格·毕希纳是在这里去世的。另外一部分写于特里特利巷，沿着奥伯多夫大街的台阶往上爬，这条巷子在它的右侧。如果我在经济上陷入了极端的窘境，我就去失业者服务办公室抄下一大堆地址。

"您知道我为什么没有成为作家？让我告诉您：我太缺乏社交本能了，太缺乏取悦社会的表演。毫无疑问，就是如此！如今我已彻底认识到这一点。为了追求个人趣味，我让自己偏离常轨太远。是的，没错，我有成为流浪者的倾向，而且我对此几乎没有抗拒过。这种主观性激怒了

---

* 古典芭蕾中最基础的舞姿之一，中文名为"迎风展翅"，一腿直立，另一腿向后抬起，一臂前伸，另一臂舒展扬起。

斯皮格尔巷

苏黎世，特里特
利巷右 6 号。从 1904
年 1 月末开始，瓦尔
泽住在这里

《坦纳兄妹》的读者。在他们看来，作家不应该迷失在主观性中。他们觉得如此看重自己的自我是一种傲慢。所以一个作家如果认为世人会对自己的私事感兴趣，那他可是错得离谱！

"甚至我最初的作品就已经给人留下了这种印象，好像我厌烦了善良的公民，觉得他们的善良并不完全是那么回事。他们从未忘记这一点。因此，在他们的眼中，我始终是一个大大的零，一个游手好闲的人。我应该往我的书中掺一点爱和悲伤、一点庄重和赞许——也许再来一点崇高的浪漫，就像赫尔曼·黑塞在《彼得·卡门青》和《漂泊的灵魂》中所做的。在这一点上，甚至我的哥哥卡尔有时也会婉转地责备我。

"是的，我对您直说吧：在柏林的时候我喜欢逛庸俗的小酒馆和夜总会，那时我、卡尔以及猫咪'姆西'一起住在画室里，在那里卡尔给他的捷克女友和一只苏俄牧羊犬画过一张画，但没给我画过。我蔑视这个世界，为自己的贫穷感到高兴，就像个无忧无虑的舞者一样生活。那时我酗酒也厉害，最后变得很不像话。幸好我运气不错，得以返回比尔与我那亲爱的姐姐莉萨重聚。带着这样的名声，我是决不敢去苏黎世的。

"有一次在柏林，来自施瓦本的剧作家卡尔·沃尔缪勒——他和我同年生，那时是马克斯·莱因哈特的追随者——以尽可能不客气的口吻对我说：'罗伯特·瓦尔泽，您从办事员起步，并且将永远只是个办事员！'后来，我在因泽尔出版社出《弗里茨·科赫尔的作文集》时，他还去出版社那里对我搞阴谋。结果是：今天他已经彻底遭到遗忘，而我也一样！

"在疗养院，我又读了一遍《绿衣亨利》。它一如既往地令我着迷。想象一下：戈特弗里德·凯勒，这个无耻的家伙，成了伯格霍尔茨利精神病院*管理委员会的成员。当海因里希·洛伊特

---

* 伯格霍尔茨利精神病院成立于 1870 年，代表着瑞士精神病学开始步入现代。"精神分裂症"这个术语便是来源于这里（1911 年），取代了之前的"早发性痴呆"。

霍尔德看到凯勒四处视察时，他的眼珠子一定会从脑袋里跳出来。他一定是羞愧得想找个地洞钻进去。这个例子说明了，自律和放纵分别会把人带向何方。

"现在我既不想回比尔，也不想回伯尔尼。瑞士东部也挺好的。您不这样认为吗？我甚至觉得这里使人愉快。您今天也看到了，所有人对我们是多么和气又明朗！我没有更多的要求。在疗养院里，我获得了我所需要的安宁。现在该由年轻人来制造噪声了。而我应该做的是消失，尽可能不引人注意。——今天难道不美吗？我们可不是太阳的崇拜者。我们也喜欢雾和昏暗的森林。我以后会经常回想起博登湖的银灰色、公园里童话般的野兽，以及罗尔沙赫这座安静的、散发着贵族气派的小城。"

1943 年

4 月 15 日

罗伯特的六十五岁生日！

跟疗养院的主任医师 H. O. 普菲斯塔医生聊了很久，谈到罗伯特的身体状况。3 月中旬的时候，因为肠麻痹，罗伯特不得不被送入黑里绍的区医院；医生怀疑他的大肠底部长了一个恶性肿瘤，只能做手术切除，而手术并非没有危险。罗伯特平静地接受了自己生病的事实，仿佛生病的不是自己。不过另一方面，当医生和他的两个姐妹劝他接受手术时，得到的回答都是一个顽固的"不"。因为在医院住了几天后，肠麻痹的情况有所好转，罗伯特又被送回疗养院。回来后，他的健康状况有了明显改善。现在，他又开始每天上午帮女护士打扫病房，到了下午常规的工作时间，则分拣小扁豆、菜豆和栗子，或者粘纸袋。他试图把每摞纸袋码得越高越好，如果有谁打扰他，他就会变得很暴躁。在自由时间，他最喜欢读发黄的插图杂志或旧书。普菲斯塔医生说，他在艺术创作方面不曾表现出任何积极性。他对医生、护理人员和病友们抱有根深蒂固的不信任，却试图巧妙地将这种不信任隐藏在礼节性的谦恭之下。谁若不与他保持距离，他就有可能向其发出粗吼。

我给罗伯特带了些生日礼物，但都被他冷淡地搁在一旁。还没离开疗养院，他就问我为何在普菲斯塔医生那里待了那么久。我回答说，我们聊了聊共同认识的苏黎世的医生。这个解释似乎使他放下心来，但上午去下托根堡的德格斯海姆和莫格尔斯贝格的路上，他却相当沉默。我小心翼翼地问起手术的事情，见他没有回应，便马上转换话题，以免他的心绪变得更糟。午饭后，我们登上黑里绍附近的一座小山，然后去到一个啤酒花园，坐在阳光下喝了三杯啤酒，罗伯特对那里的感觉很好，我们和老板娘聊了起来，她像缝纫机一样喋喋不休。最后我们去了一家糕点店，他在那里愉快地消灭了八块圆形小蛋糕。也许是在暗指自己的病，分别时他说："人的生活中也必须有烦恼，如此，美好的事物才会越发鲜明地彰显。忧虑是最好的教育者。"

1943 年

5 月 16 日

在罗伯特六十五岁生日那天，我们约好下次乘火车穿越里肯山口去拉珀斯维尔。今早八点到达黑里绍火车站时，我已买好车票放在口袋里，并对他说："那么今天我们穿越里肯！"他却吃了一惊，连忙拒绝道："不，不，为什么去那里？我现在已经被放逐到瑞士东部，我要留在这里。如果我们在阿彭策尔能够吃上熏板肉，为什么要去拉珀斯维尔吃鲑鳟鱼？"我让步了，让他自己决定路线。"我们去圣彼得采尔吧，您一定会喜欢那里的！"他建议道。"为什么不呢？"我们大步出发。

"今天早上我多么幸福，"罗伯特说道，这时心境已完全开朗，"看到的是云彩，而非蓝色的天空！我对绝美的风光和背景不屑一顾。在远方的事物消失的地方，近处的事物才会温柔地靠近你。除了一块草地、一片森林和几座宁静的房子，我们还要什么才能心满意足呢？……顺便说一下，今后如果可能的话，您最好星期日来！既然我已不再写作，我就不能奢望工作日出来散步。这会给疗养院的秩序带来混乱。但是，把世界看成一个星期天的会客室，也非常不错。"

让我惊讶的是，他在路上开始讲起自己住院的经历："我挺喜欢待在病房里。人就像被砍倒的树一样直躺着，不需要活动四肢。所有的欲望都像玩累了的小孩一样睡着了。让人感觉就像是在修道院里，或者在通向死亡的前厅。我为什么要接受手术？我觉得自己足够舒适。只有当病友们都有东西吃而我没有时，我才会有一点暴躁。但即使是这种感觉，也逐渐减弱了。我确信，荷尔德林在他生命的最后三十年里，并不像文学教授们说的那样不快乐。能够在一个不起眼的角落做梦，无须不断地满足各种要求，这无疑不是殉道。那只是人们想象出来的！"

我们徒步穿过施维尔布伦，来到圣彼得采尔，建于1722年的教堂和气派的修道院建筑使罗伯特兴奋不已。我们点了煎香肠和煎小牛肉排，喝了一杯低度的蒂罗尔葡萄酒，还要了些蛋糕。吃午饭的时候，我说到有一个作家朋友在大学谈了一段不幸的恋爱，差点想不开，而罗伯特为此几乎发了近半个小时的火："幼稚！难道她非得让自己被一个十足的混蛋伤透心，然后将这一桩小小的不幸满世界宣扬？这是真正的以污点为风格。这个文学傻丫头也许是想成为某种抹大拉式的瑞士作家！"

在烟灰色的天穹下——起了雾，一路上我们没遇到任何人，罗伯特逐渐敞开心扉——他告诉我："我在韦登斯维尔当簿记员的经历为小说《助理》提供了雏形，这份工作从1903年夏天干到1904年1月初，具体情况跟我在柏林凭回忆所做的描述差不多。我是通过苏黎世失业者服务办公室获得这个职位的，在韦登斯维尔的这段插曲结束后，我又在苏黎世的州银行工作过一段时间。马克斯·李卜曼和我说，《助理》这本书无聊得很。相反，他喜欢《雅各布·冯·贡腾》，这部小说的素材，我是在一个和书中描写的学校有些相似的学校当学生时收集的。我的处女作《弗里茨·科赫尔的作文集》在因泽尔出版社出来后没多久，就在西柏林的一家百货商店被廉价处理，我后来的出版商布鲁诺·卡西尔经常幸灾乐祸地当面揭我的伤疤。尽管如此，他还是出版了我的第一部诗集，里面配有卡尔的蚀刻画。奥托·冯·格雷尔茨后来因为我发表在《联邦报》上的诗而对我大加挞伐，以至于那些和我一起坐在比尔的'蓝色十字'的人，在向我讲到我如何受到抨击时，脸色都变了。苏黎世人？他们毫不理会我的诗。他们那时都沉浸在对黑塞的热情中，让我悄无声息地滚到一边去。"

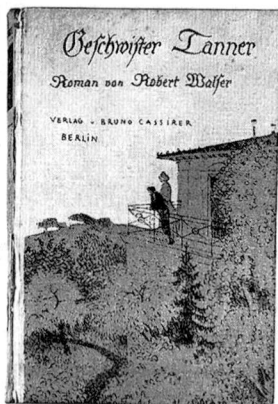

《坦纳兄妹》初版封面

我们也谈到《坦纳兄妹》，罗伯特说："它是我在柏林时写的，花了三四个星期，可以说没有修改。但有些部分布鲁诺·卡西尔觉得非常无聊，就把它们删去了，比如西蒙在炉子中发现一个店员的手稿那段情节。它们后来发表在《三月》杂志上，赫尔曼·黑塞是这本杂志的共同编辑。我那备受尊敬的主任医师、以大作家自许的欣里克森医生有一次和我谈到这部小说：'开头几页挺好的，但剩下的：不像话！'他说这话的语气，就好像如果一定要他将这本书读到最后，他就会被噎住。"在讲到这一段时，罗伯特发自内心地笑了出来。我表示，他像西蒙那样生活在贫穷、俭朴和自由中是多么正确，而有创造力的人，如果向物质生活妥协，又是多么错误。他轻轻地点了点头，并在沉默许久之后，严肃地回答说："是的，但从表面上看，这是一段从失败到失败的旅程！"

在瓦尔德施塔特附近，罗伯特说："无视伦理的作家应受鞭打。他们的写作是在对自己的职业犯罪，结果遭到了惩罚，希特勒被释放了出来扑向他们。现代文学不能免于被指责为粗鲁、自负和目空一切。我完全相信，真正的好书可以放在任何读者的手中，无论是将受坚信礼的青少年还是老处女。但是，今天的文学作品有多少可以这样说呢？——您瞧，人们总是在抨击那个玛丽特！那都是些学究式的批评，不公正，心胸狭隘。我最近在一本旧杂志上读到《在商务顾问的房子里》*，必须说她的自由思想、她对社会学和社会变迁的理解让我感佩不已。比起那些厚得像砖头的获奖文学作品，人们常常在这样的书中体会到更多的技巧和情感。不过，您是否知道这个玛丽特？她真名叫欧格妮·约翰，而且崇拜她的人不仅限于《园圃小屋》周刊的读者。她可能有点浮夸、过于相信进步；但今天的一些'知名人士'有理由妒忌她的想象力和开明精神。据说她是19世纪中叶一个很有天赋的女歌唱家。后来她得了重病，几乎所有的书都是在床上写的：《金桤木》《老女仆的秘密》《戴红宝石戒指的女人》。如果我把她称作德国第一个坚决反对阶级傲慢和沾沾自喜的虔诚的女权活动家，不会有错吧？约瑟夫·维克托·魏特曼在她面前也恭敬地脱帽致敬；他很喜欢讲到有一次在伯尔尼的施恩茨利有一场艾门塔尔农民的婚庆聚会，

---

* "商务顾问"是1919年前德国巨商和工业家的荣誉称号，在为公共利益做大量捐赠之后才被授予。更高一级的是"枢密商务顾问"。

在聚会上人们如何不带任何嘲讽地为玛丽特的健康干杯。"这次远足是在黑里绍的两个啤酒坊中结束的，其间的一些言论如下：

"献殷勤的人大多十分狡猾。"

"只有通过过失，人的性格才能获得有趣的色彩。恶的存在是为了创造对比，从而为世界带来生命。"

"作家没有义务当完人。一个人喜欢他，便是喜欢他所有人性的和奇异的部分！"这句话是在谈到让·保罗的《泰坦》时说的，他那攀缘植物式的文风让罗伯特神往。

"有创造力的人是不会理会理论的。这一点使其与模仿者区别开来。"

1943 年

7 月 27 日

罗伯特的面容憔悴，但泛着棕红色。他的橄榄绿西装已经破旧，裤脚翻起，衬衣领口打着补丁，从不缺席的雨伞夹在腋下，在打招呼的时候他提到了它："它也想一起去散步——再说，雨伞能带来好天气！"

我们坐上从圣加仑开往阿尔特施泰滕的火车，一路上有一搭没一搭地闲聊，一根接一根地抽烟。罗伯特目送着飘过的云说："云彩是我的最爱。它们看上去如此合群，好像亲密、文静的同伴。天空也因它们而一下子变得更有活力——变得更有人性。"

我们在圣玛格丽特火车站的餐厅吃了一顿丰盛的早餐，因为罗伯特在车上就已经建议："我们应该吃点东西垫垫肚子吧？正好去吃一顿早饭！"我们是餐厅仅有的客人。招待我们的是一个肥胖矮小的女服务员，她对我们打扰了她吃早餐几乎要动怒，但更垂涎我们的餐券。罗伯特吃得非常快，直接用勺从盘子里舀果酱，将面包皮浸泡在咖啡里。饭后我们走在铺了沥青、几乎无人的军用公路上。到阿尔特施泰滕的十三公里路，对我们来说只是一箭之遥。罗伯特让我注意到，阿彭策尔就像一个岛屿，被圣加仑州环抱着。每当看到一家舒适的旅馆、一栋富裕的农舍或一座带有巴洛克式洋葱形塔顶的教堂，他就会停下脚步喃喃自语："多漂亮——多优美！"丘陵起伏的地形和庄严的礼拜天的宁静几乎使他陶醉："看到人们将沉重而笨拙的双手放在膝盖上休息，将一切交给自然，是多么惬意呀！"几乎每到一个村庄，他都会一反常态地向骑着自行车从旁颠簸而过的人或者只穿着衬衫站在自家园圃的农夫打听："这个村庄叫什么名字？

这座山呢？"这样做的时候，他就像个流浪汉，只是稍微停顿，然后继续前行，实际上并未期待得到回答。河谷低地海尔布鲁格、巴尔加赫出现了；在远处的山顶上，梅尔德格全景餐厅俯瞰着我们。我们考虑了一会儿，是否要改变路线往贝尔内克（它看起来就像在一个果园里做着梦）的方向走，以便经罗伊特前往海登。但罗伯特说："你不能同时拥有上和下！让我们为自己保留一些心愿吧！这样平日里想起来会觉得有活头。"

在马尔巴赫，我们很想爬上一座长满葡萄的山丘，在令人神往的韦恩施坦因城堡就餐。但罗伯特建议，在到达阿尔特施泰滕之前，我们要勇敢地抵制一切诱惑："通过这种放弃策略，我们赢得了食物！如果一个人的肚子像泄了气的气球一样陷下去，胃口就会大开。"一个标致的少女骑着自行车从旁经过，飘动的裙子露出了她的腿。"多么美好的一幕啊，"他微笑着说，"少女的双腿，是最纯粹的诗……"当我回以微笑时，他补充道，"不要生邪念"。

从教堂里传来教徒们的吟唱声："伟大的上帝，我们赞美你！"罗伯特评论道："但是他们唱得没有灵魂，就像一群征召而来的人。——如果上帝没有得到比这更热诚的赞美，他是值得同情的。"

一个惊人的巧合：我跟罗伯特讲，他的哥哥卡尔告诉我，有人曾建议卡西尔用保罗·克利的作品为罗伯特和克里斯蒂安·摩根斯泰昂的诗集作插图。但是，当时在卡西尔的出版社当编辑的摩根斯泰昂拒绝了这个提议，因为他觉得克利太做作了。而就在我说出"保罗·克利"这个名字不到一分钟，我们从巴尔加赫的一个空的陈列橱窗旁路过，那里的一块广告牌上写着：保罗·克利——木制烛台雕工。

马尔巴赫的广场上有几个定期集市的货摊、一个旋转木马和一些临时摊位，男女小贩们懒洋洋地坐在那里，就像是在自家的客厅里休息。

黄蜂成群结队地出现在甜食周围。我问一个女人："这里所有的东西都需要凭配给券买吧？"她点点头，就像一个母亲不得不拒绝她的孩子的愿望那样，几乎忧伤地回答："是的，所有的好东西——没多少时间了，上帝保佑！"我们继续前行，罗伯特说："生活的丰富性不就是这样，五颜六色的，但不会给人带来害处？那些鲜艳的头巾、火红的醋栗、糖浆红的糖果，这就是人们喜欢的！美好的旧事物永远不会消失。它就像年轻时代的亲切呼唤，总是不断回归。"

到了阿尔特施泰滕后，我们先尝试了一下"地方博物馆"餐厅。因为几乎不停歇的长途跋涉，我们两个人都有些乏。几名军官和士官无聊地坐在阴凉的花园里。没有平民。老板娘说她只能为我们提供煎肉饼和土豆沙拉。但我们很想吃一顿丰盛的周日大餐。所以我们去了"修道院啤酒店"！两个上了岁数的男人正喝着苹果酒；墙上挂着被钉在十字架上的基督。店主犹犹豫豫地走过来，说去厨房问问有没有吃的可以提供给我们。接着，只听到他喊道："马上会有人过来！"五分钟后，我们点了一杯味美思酒，付钱，然后离开。没人过来问我们要吃点什么。我们的第三次尝试是在"女人酒店"，一栋漂亮的老建筑。我们坐在酒店的花园里。但罗伯特变得有点烦躁，因为有一些光斑在我们的桌子上跳动："我们搬到阴凉的地方去吧！"煎蛋卷汤、炸肉排、球芽甘蓝、豌豆、土豆、蛋糕、香草冰激凌。一场简直为诸神准备的热气腾腾的盛宴，这促使罗伯特评论道："热的应该凉一点，冷的应该热一点。"我们品尝着这一切，还喝了纳沙泰尔葡萄酒，罗伯特很喜欢它的花香味。

冒着酷暑返回马尔巴赫，为了再看一眼展销会。我们进入旋转木马旁边的一家餐厅喝咖啡、果子酒和啤酒。小商贩的叫卖声、旋转木马的嘎嘎声、"廉价雅各布"的长篇大论杂乱地涌入我们的耳朵。透过窗户，可以看到孩子们剪了短发的头、男人们番茄红的脑门、咯咯笑的少女们。罗伯特在节日般的喧闹中感到很安全，尽管他通常喜欢寻求安静。我们乘坐无轨电车前往海尔布鲁格，他觉得那里很富丽。在街上，男孩们在帮他们的女伴修补自行车内胎，罗伯特评论说："今天的游吟诗人！"

酒精让他一扫最后的克制。他回忆起青年时代的一个牧师，说："他是一头真正的猪，热衷于拱女人！"说到这里他纵声大笑。在海尔布鲁格的一个昏暗的花园里，我们又点了啤酒，并聊到一位发表过十四行诗的老师。这成了罗伯特狂笑的源头，他乐得扯着我的胳膊拍打了一下："这个小牧童竟仿效起冯·普拉特恩伯爵写十四行诗！人这种东西也真奇妙，可以这么愚蠢。一个小教书匠想表现出一副古典作家的样子，结果成了世人的笑柄。难道他以为自己是戈特弗里德·凯勒？凯勒是多么善于将高贵的与平凡的、民主的东西相结合，从而使之人性化啊！

他在这方面是无与伦比的。但是这个教师和他的十四行诗……！您可曾见过这样的丑角？"

在返回的路上，从一站到另一站，我们变得愈发安静。只是有一次，罗伯特指着树林里的小山丘低声说："我们回来时不是比出发时更富有吗？今天不是异常美妙吗？"我给他的口袋里塞了一点好东西。分别时，我突然被他那悲伤的神情吓到了。那握着我的手久久不肯放开……

下面是这个星期天的一些谈话内容：

"我是在苏黎世堡当伙计的时候开始写诗的，从诗的内容也可以看得出，当时我经常挨冻受饿，像修道士一样过着隐居的生活。不过，后来我也写了一些诗，尤其是在比尔和伯尔尼的时候。甚至在瓦尔道疗养院，我也写了近一百首诗。但德国的报纸对它们没有一点兴趣。我的主顾是《布拉格报》和《布拉格日报》，是奥托·皮克和您的朋友马克斯·布罗德。有时库尔特·沃尔夫也会在他的文学年鉴上刊登我的几首诗。"

我告诉他，他在布拉格受欢迎或许还有卡夫卡的一份功劳；卡夫卡对他书写柏林印象的文字和《雅各布·冯·贡腾》嗜爱不已。但他挥手谢绝；他几乎不了解卡夫卡的作品。

"在斯图加特的时候，我曾给皇家剧院的经理写过一封彬彬有礼的信，问他能否偶尔给我提供一张免费入场券。于是他让我过去，在简单地问了几个问题之后（我那时还没有发表任何东西），就大度地给我提供了整个演出季的免费座位。"

"得部分归功于您那漂亮的书法吧？"

"或许吧。我经常受惠于此。甚至还是文法学校的学生时，我就因为字写得好而受到称赞。"

《助理》完全是一部现实主义的小说。我几乎不需要虚构任何东西。生活已经为我提供了一切。"我觉得他爱上了工程师托布勒的妻子，但他拒绝承认："在这部小说中，一切关于爱情的浪漫想法都离我很远。"他讲到一个在比尔认识

《雅各布·冯·贡腾》初版封面

《助理》初版封面

的艺术品商人 A。A 在柏林发了一笔大财，但又以更快的速度把它赌掉了。罗伯特在苏黎世当伙计的时候，偶尔会遇到 A 及其女友玛利亚·斯拉沃纳，后者是一位充满着印象派气息的女画家，曾受教于卡尔·斯塔奥法 - 伯恩。他描述了他们在苏黎世湖畔的长椅边共度的一个夜晚；他特别欣赏体态丰盈的斯拉沃纳的那双纤细的脚。他还简单提到了他是怎样结识画家恩斯特·摩根塔勒，并爱上了他的金发女仆海蒂。后来他还经常给她写信。她是那么清爽、迷人、天真。雕刻家赫尔曼·胡巴赫及其妻子是他自青年时代起，就在比尔认识的老朋友，他们在施皮茨附近的法伦湖边有一栋度假屋；如果罗伯特从伯尔尼去图恩，并且还要继续赶路前行，他经常会在那里歇歇脚，就像一匹马在饲料槽里喘口气。

　　他还生动地讲述了第一次世界大战前出版商保罗·卡西尔邀请他乘坐热气球的经历。他们在暮色降临之际从比特菲尔德升空，带着充足的冷肉排和饮料，在沉睡的大地之上静静地飘浮了一夜，第二天在波罗的海沿岸着陆。关于这次浪漫的吊舱之旅，他还写过一篇小随笔。保罗·卡西尔是个奇特的家伙，享乐主义和忧郁症的混合体；他总是嫌瓦尔泽兄弟在自己的聚会上吃得太多。

关于内斯特罗伊*，我们聊了很久。罗伯特饶有兴致地听我讲起1855年，内斯特罗伊曾给维也纳的一个不认识的美人写信，坦承自己在近郊的一个剧院第一眼看到她就迷得不行，她已经成为他最热切渴望的对象。可惜,作为一个"婚姻的瘸子"，他只能一直坐在妻子旁边，无法接近她。但他派了他的仆人打听到她住在哪里，叫什么名字。现在他提出与她建立谨慎的友谊，即使她已经订了婚；即便在蜜月之后，一个秘密的

---

* 约翰·内斯特罗伊（1801—1862），奥地利剧作家、滑稽演员。

朋友也是有用的。因为觉得直接同她说话太俗套，他想出了一个辙：在某天下午一点半，双方乘坐出租马车沿着普拉特林荫大道相向而行，这样他们必定会在路上相遇，很有可能是在圆形广场附近。为了让内斯特罗伊远远地就能认出美人乘坐的马车，她可以在右侧窗户边挥舞她的手帕。而这将表示她认为他这个人值得进行秘密的联络。至于他自己，则穿上带火红色内衬的亮灰色旅行外套作为标志，并在第二天以手帕为信号，进一步巩固这热切渴望的友情。

在我的这番叙述之后，罗伯特详述了过去几代人恭维女人的方式。不过，他觉得内斯特罗伊在这封信里显得过于滑稽可笑，从而暴露了自己在爱情方面缺乏经验，甚至是粗鲁。因为"女人们——只要不是妓女——都希望在爱情中得到认真的对待。内斯特罗伊也没表现出什么策略，否则不会称自己为婚姻的瘸子。那个陌生的女人肯定会想：我可不想和这样一个没有风度的已婚男人做朋友！"

我问："您知道内斯特罗伊向傲慢的批评家萨菲尔投掷的那些充满憎恨的信吗？在其中一封信中，他针对萨菲尔的指责——内斯特罗伊的喜剧《被保护人》只有四个诙谐的想法且都来自萨菲尔——毫不留情地回击道，如果他竟要窃取他人的笑话，也肯定不会从萨菲尔那里，因为如果你可以得到更好的二手的东西，为什么还要从三道贩子那里窃取？"

对此，罗伯特回答说："对剽窃的指控通常来自毫无创造性又充满妒忌心的人，他们只好可怜地从别人那里搜集在他们自己那里依然残缺的东西。为什么天才不能利用他人的想法？通常只有在天才的手中，它们才能获得意义、形式和生命。在这种思想的游戏方面，内斯特罗伊是个杂耍大师。您还记得一部滑稽剧里的句子：'人民是摇篮里的巨人，他醒来，起身，踉踉跄跄，踩坏一切，最终倒在某个比摇篮更糟糕的地方'？这种通俗的形象在他那里，就像菜园里的胡萝卜一样，随处可见。"

我问："您知道内斯特罗伊是一个狂热的普鲁士恐惧症患者，他在舞台上鼓吹奥地利必须甩掉普鲁士。"

罗伯特说："是的，诗人往往有着长得不可思议的象鼻，他们用它来感知未来。他们能闻到即将发生的事件，就像猪能嗅到松露的气味。"

1943 年
10 月 19 日

利用一天的军事假期，我在黎明前从萨尔甘斯要塞下到山谷里，然后坐车去黑里绍。和主任医师聊了聊，他告诉我，罗伯特的哥哥卡尔已于 9 月 28 日在伯尔尼去世，而罗伯特在听到这个消息后只是干巴巴地说了句"这样啊！"他固执于让自己扮演一个清醒的现实主义者，不想表现出与疗养院的其他人有任何差别。他严格地避免表露任何感绪。顺便说一句，这种态度在很多精神分裂症患者那里都可以观察得到。要么情感的平衡只是在悲喜的时候发生轻微的摆动，要么病人会出现爆炸性的，有时是灾难性的情感爆发。罗伯特似乎有意使自己与周围世界保持距离。兴许只有姐姐莉萨生病的消息让他有所触动。一开始，医生煞费苦心地把罗伯特发表的关于他自己或者卡尔·瓦尔泽的文章交到他手中。但最终他变得彻底生气，看到主任医师也明显地不再打招呼。主任医师与他谈起此事："我们之前可是相处得很好的，瓦尔泽先生！"他暴跳如雷："您为什么总是拿那些粗制滥造的东西打扰我？您没看见我不在乎吗？让我清静一下吧！这一切早就过去了。"关于他的肠溃疡，他也什么都不想知道。当被问到与此有关的问题时，他烦躁地回答道："难道我非得有病吗？我身体健康，您还不满意吗？为什么要用这种小事来折磨我？"

罗伯特在他所住的二号侧楼前等我，已经等得不耐烦了。最近半年，我寄给他的所有信件和包裹都没有收到回音。而现在，他轻快从容地向我走来，喜悦中甚至透着兴奋："您身上有军队的味道！枪油、皮革、秸秆、汗水——它们让我想起了家。和人们如此亲密地生活在一起，身体对身体，就像兄弟一样，这很棒，不是吗？”他饶有兴趣地询问我随身携带的一切：从卷起来的帐篷布、腰带上晃动的手电筒到新的尖顶帽和下士绶带。我告诉他，军中的简朴生活一直很吸引我。罗伯特说："这确实是它最积极的一面。富余可以让人非常压抑。真正的美，日常生活的美，在贫困和朴素中最微妙地显示出来。"下午临别时，我们在圣加仑的火车站喝了一杯，罗伯特谈到了衰老："很少有人懂得享受衰老，尽管它可以给人如此多的快乐。人到了老年就会明白，世界总是不断地努力回归到简单、基本的事物。出于一种健康的本能，它抵制例外或奇异成为它的主宰。对异性不安的欲望已燃烧殆尽，只求自然的慰藉以及那些向所有人的渴望开放的美好而具体的事物。最终，虚荣心消失了，一个人坐在晚年巨大的寂静中，就像坐在温和的幻日*之下。"

---

* 大气的一种光学现象，由高空的大量微小的六角冰晶折射朝阳或夕阳的光线，形成太阳的虚像。

上午：当我们快步穿过黑里绍的旧区，经过军营前往圣加仑时，我们聊到了当前战争的恐怖，继而又把话题转向人民。我说："实际上人民根本就不想自治。他们想被统治。"罗伯特热切地表示同意："事实上，他们对僭主政治是相当宽容的。"但他立即补充道："只是你不能这么跟他们讲，否则会被当成极其粗野的人，遭到他们的嫌恶。然而，人民在内心深处远没有他们嘴上说的那么渴望自由。"——他为小市民的生存权辩护。他们是文明的守卫者，文明在他们那里得到了庇护。而吉卜赛式的流浪者中间还没有产生过任何具有伟大或持久价值的东西。因为小市民囿于小地方的狭隘观念，对大城市的文学作品毫无兴趣，所以现代的文人们取笑他们，将毒针对准他们，以行报复。这些人缺乏卡尔·施皮茨韦格、威廉·拉伯、马丁·乌斯特里或戈特弗里德·凯勒那种善良、宽容、超然的幽默。这些大城市里的高谈阔论者已变得过分傲慢、吵闹和专横。然而，艺术恰恰绝不应该成为这样。艺术必须使自己适应普遍的秩序，并成为这一秩序的守护者，正如小市民在无意识中所做的。小市民的愚蠢尽管有时会让人窒息，但绝不像文人那样叫人难以忍受，后者竟认为自己被赋予了教化世界的责任。

我们走过西特尔河上的老桥和新桥，来到位于圣加仑郊区的哈根村——罗伯特兴奋地指着18世纪漂亮的书法铭文和秋日森林的色彩魔法让我看，他建议我们去"小城堡"餐厅喝杯上午酒。我们欣赏着这栋可以追溯到17世纪的房子，以及它的那些箱子、徽章、宗教绘画和古老的版画。一个来自提契诺的年轻姑娘给我们端来了浓郁的苹果汁。我们和她聊了一会儿；当我问她是否怀乡时，罗伯特替她回答道："想家？不。那很傻！"

在中午的大雾中，我们抵达圣加仑。沿途茂密的果树和新鲜的空气让罗伯特的精神为之一振。午饭是在"瓦因法尔肯"餐厅解决的,我们用烈性的"迈恩菲尔达"酒庆祝了一番。其间聊到耶雷米亚斯·戈特赫尔夫,罗伯特再次对他提出了猛烈的批评。他说自己通常无法愉快地阅读戈特赫尔夫。他越来越觉得他是一名强奸犯,胆敢将他的田园诗酱汁倒在一切事物之上。他不想身边有人与他平分秋色。他想将所有人都推到沟里。罗伯特觉得戈特弗里德·凯勒和康拉德·费迪南德·迈耶离自己更近。还有什么书能比《绿衣亨利》更发人深思呀!他觉得这本书"非常美",随着时间的流逝会越来越美。然后他还称赞了约瑟夫·维克托·魏特曼温文尔雅的贵族气质。与之相比,他认为今天的很多副刊主编都是些没有个性的、野心勃勃的投机者,对扎实的诗歌技艺既无忠诚,也不爱。——没有获得成功是他的痛处,老是被人戳。无论是受邀去参加宴会,还是被拖去参加文艺沙龙,总有人或大声或小声地、或出于庸人的好心或以资助人的傲慢给他提建议，告诉他应该以这种或那种风格写作，以便最终成就一番事业！在这个圈子里，原创性并没有多高的市场价值。从歌德、艾兴多夫到鲁道夫·赫尔佐格，各种诗人被推许为他应该模仿的典范。包括马克斯·斯勒福格特，他曾带着巴伐利亚人的粗野，嘲讽罗伯特的那些不成功的书。他的出版商布鲁诺·卡西尔也曾建议他将戈特弗里德·凯勒的中篇小说作为模板来学习。是呀，不成功就像一条凶狠而危险的蛇，要无情地扼杀艺术家的真诚和独创性。有一次，杂志《一周》的出版商向他约一篇小说，同时还让他一并告知他要求的稿酬。他就将《助理》寄了过去，并报了八千马克的价格。两天后，他的手稿被退回，没有附函。于是他满怀怒火地找到出版商，想知道为何没有任何说明便退了他的稿。当出版商开始以官员的姿态取笑他提出的稿酬时，罗伯特也不想和他讲礼貌："您这笨蛋根本不懂文学！"说完，他没有道别就摔门而去。此后不久,卡西尔出版了这部小说。

罗伯特说,他从疗养院的图书馆借阅了一本写于两百年前的西印度航海小说,叫《蓝登传》。这本书的作者是苏格兰人托比亚斯·斯摩莱特,他曾担任军舰上的医生,娶了一个热情奔放的克里奥尔女人。罗伯特认为,作为《吉尔·布拉斯》和《堂吉诃德》的译者,斯摩莱特深受勒萨日和塞万提斯的影响,但他擅长用讽刺的笔调讲故事,经常能取得精彩的漫画效果,使他的作品读起来非常有趣。基本上,平庸的作品带给罗伯特的刺激,像一流的作品一样多。对于广大的读者来说,可能更是如此。他们本能地拒绝天才:"这就是为什么二流或者三流作家通常会比一流作家更快地取得成功。天才在本质上就是要引起人的不适,而人们喜欢待在舒适区。"

关于卡尔·瓦尔泽的谈话。罗伯特催促我给他讲讲我最后一次拜访他哥哥的情形。"那是6月末,在他位于苏黎世施坦普芬巴赫大街的工

哥哥卡尔（1877—1943）

作室。"我说，"我们坐在露台上，俯瞰着利马特河和普拉茨施皮茨公园。卡尔声称，他只能在城市里画壁画。在乡下，他会钓鱼、散步、发呆，但肯定不会画画。在特万度过的两年时间里，他只画了几幅小画，没什么灵感。过多的绿色也会困扰他，以至于他从不直接面对自然作画。他指了指自己的额头补充道：'自然必须装在这里，就像诗歌一样。是呀，印象派画家们可以直接坐在草地、鲜花和树木跟前，对他们来说，甚至精灵和小妖精也还活着。但我们的时代呢？城市居民不再允许自己只是坐在自然中。他们必须自己创造自然。'画壁画是非常累人的。此外，为了治疗肺炎，他服用了太多的西巴唑。这让他的心脏严重受损，以至于不再被允许抽烟和喝酒。因此，他咬牙切齿地退化成了一个乖巧之人，而且确实也不应该再画壁画了。这对他来说意味着死亡。但他宁可死也不愿辜负伯尔尼市立剧院的委托。当我告诉他，我很喜欢赫尔曼·哈勒和赫尔曼·胡巴赫为他塑的半身像时，他回答说：'真的吗？这让我很吃惊。哈勒尤其在这件事上费了一番功夫。大概有二十几次，我长时间地坐在他那里当模特，很抗拒自己像头种牛一样被人上下打量。此外，我这种类型的人很难把握，不适合塑成雕像，而是适合画到画里。'在柏林的时候，他曾被问到是否愿意在汉堡的一所艺术学院担任舞台画讲师。他回答道：'去外省？不可能！'马克斯·佩希施泰因也拒绝了这个邀请。

现在他有点后悔当初的决定，因为如果在那里工作十年后，他本可以获得一笔体面的退休金供他好好地利用。"罗伯特问到他哥哥对希特勒的看法。"可能和书籍设计师埃米尔·鲁道夫·魏斯一样。卡尔告诉我，当［普鲁士艺术］学院的仆人告知魏斯希特勒掌权的消息时，他低吼道：'这样啊——那他可以吻我的屁股了！'不久他就被捕了，不过很快又放了出来。但是，您知道，"我问罗伯特，"您哥哥在维也纳是怎么度过的吗？他从柏林返回瑞士后，曾在您非常喜欢的比尔湖的圣彼得岛住过一段时间。这时有人问他是否愿意去维也纳给百万富翁 C 的房子画内部装饰画。'行啊，'您哥哥告诉我，'我和妻子就去了那里。C 住在一座金碧辉煌的宫殿里。我被带到一个豪华的大厅，一个矮个头男人冲了进来，拥抱我并喊道：您能来真是太好了，大师！他就是 C，战时投机商的化身。他当时的情妇是一个小有名气的小说家，卧室里放着一个镶钻的金佛像。而与此同时，维也纳每天都有很多人饿死。最终这个女作家再也无法忍受住在这个金屋里，悄悄离开了 C。C 就从大街上捡了一个十五岁的女孩取而代之，这个女孩一有机会就背叛 C。不久，C 就因为妒忌死于中风。而我和妻子在他那座金碧辉煌的宫殿里几乎活活饿死。银盘很珍贵，不过上面什么都没有。当我为此向 C 诉苦时，他说他已经让人给我送来最好的苹果、酥皮馅饼和家禽肉，只是厨师长把这一切都送给了一个胖牧师。我真应该扇她一耳光。'"

我们在集市上为罗伯特买了些熟梨，然后去了普方德糕点店，临别时在火车站餐厅喝了一杯。在那里，罗伯特说："您不会因为我对耶雷米亚斯·戈特赫尔夫的攻击而怪我吧？尽管我那样说，他也还是一个伟人。只是他那种总是在抱怨、动不动就蔑视的态度与我的整个生性相悖。我喜欢世界本来的样子，喜欢它的所有优点和缺陷。"

1944 年

1 月 2 日

"我们今天要不要向荷尔德林致敬？"我问。罗伯特："荷尔德林？这个主意好啊！希望我们今天不会像我上周日下午那样被淋湿，当时一场十足的暴雨朝我倾泻而来，我像个最可怜的流浪汉一样回到疗养院。"尽管天气寒冷，他今天还是没穿大衣，也没带伞。破旧的黄格子西装配龙胆蓝衬衣和红条纹领带，加上卷起来的裤脚，使他看起来落拓不羁。

我们立即沿着覆了一层薄雪的街道，快步朝戈绍的方向走去；一只白鼬飞奔而过，往雪地里钻了一下，然后竖起耳朵，好奇地看着我们。我们首先聊到了对德国城市的轰炸。我觉得对后方的女人、孩子和病人发动战争是可耻的，无论是哪个国家这样做。希特勒派人轰炸伦敦这个事实，并没有赋予盟军权利使用相同的非人道战术。罗伯特激动地反驳我，说我的判断太主观，太感情用事。无论是谁，如果像英国人那样受到威胁，都必须求助于最无情的现实政治。希特勒的野蛮人不配有更好的待遇。每个国家在面对赤裸裸的生存抉择时，都会成为无情的利己主义者;这时，甚至基督教信仰也只能退居其次。我问:"当意大利人用轰炸机中队攻击阿比西尼亚人时，文明的人民可曾反击?"罗伯特回应:"恕我直言，如果阿比西尼亚人抵制文明的诱惑，忠于传统，他们就不会陷入那种境地。重要的是对传统的忠诚，无论何时何地!"

罗伯特愉快地带我游览了戈绍村古老而美丽的部分。大多数人都在教堂里。这里非常安静，只能看到几个玩雪橇的小孩和穿着黄绿色制服的被拘禁的波兰人。我们继续前行，不时会碰到农民的马拉雪橇，马的挽具叮当作响;雪常常没过我们的膝盖。一个雇农肩上扛着粪叉从马厩里出来。我向他打招呼："早上好！"他没有回答，罗伯特评论说："他可能在嫉妒，因为他不能像我们这样散步！"在阿内格，我们敲了一家小酒馆的门，但里面死一般的寂静。两个小时后，我们到达豪普特维尔，1800年左右荷尔德林曾在这里的贡岑巴赫家当家庭教师。那里有一栋巴洛克风格的市民住宅，其日晷下方刻着一句箴言诗：

我只在有光的时候工作和观察

不呈报夜晚的时间

住宅的对面是一家叫"去洛伊恩"的客栈。我们点了非常棒的咖啡和略带酸味的提尔西特干酪。罗伯特问我："您信不信，老板娘以前是南德人？我是根据她的口音猜测的。也许是荷尔德林把南德人带到了这里。"我们在贡岑巴赫家那栋宽敞的贵族住宅前驻足，他们于17世纪初移居到这里，靠做亚麻布生意发了财。我们欣赏着街道从下面穿行而过的小钟楼，威尼斯风格的阳台，宁静的庭院，庄严而祥和的房屋正面，以及它的双楼梯和风向标。这处房产现在属于一家慈善团体开办的家政学校；但罗伯特觉得这栋房子仍然美得像一幅画，透着高贵而梦幻的气息。我问："我们要不要去看去年刚挂起来的荷尔德林纪念牌？"罗伯特表示拒绝："不，不，我们最好不要去理会这种广告式的喧嚣！表演出来的尊敬多么令人讨厌！顺便说一句，荷尔德林的命运只是在这里上演的众多人类命运之一。不应因为有名的人而忘记那些无名者。"

我们就这么目瞪口呆地站了一刻钟。当我们沿着小路走向林木茂密的山丘——这个山丘将豪普特维尔与比绍夫斯采尔隔开，我们遇到一位老人在自家门前铲雪，便走上前去问他，贡岑巴赫家族是否还有后人？他用右眼注视着我们

（他的左眼是瞎的），回答说："是的，还有一个。但他是半个聋子，脑子也有点昏。他偶尔会来这里。"过了一会，他补充道："现在的人根本不配拥有这么豪华的房子，既然他们到处扔炸弹，要炸掉一切。"我说："或许他们会逐渐改过自新……"老人答道："他们？改过自新？"我说："或许他们会被迫改过自新！"他说："当然。这有可能。希望如此！"罗伯特点点头。

时已近中午。在行进的路上，我终于和罗伯特说（这句话在我嘴边很久了，但为了不让他心慌意乱，我在等待一个心理上合适的时机），他姐姐已经病危，住进了伯尔尼的医院，她希望他和我去看她最后一眼。他立即表示拒绝："哎，又是这样的事！我既不可能，也不想再去伯尔尼了，自打我被从那里赶出来后，可以这么说。这是个荣誉问题。我已经在黑里绍安扎下来，那里有要我履行的日常义务，我不想疏怠。可

姐姐莉萨

千万不要引人注意，也不要扰乱疗养院的秩序！
我不允许自己这样做……总之，多愁善感的要
求会让我变得冷漠。我不也是病人吗？我不也
需要休息吗？这种情况下，最好是一个人待着。
当我被送进医院时，我也不指望任何别的什么。
像我们这种普通人，在这种情况下必须尽可能安
静行事。难不成现在我和您'小跑'到伯尔尼去？
我会在您面前出丑的。我们会像两个傻瓜一样
站在可怜的莉萨面前，也许还会让她哭。不，不，
虽然我很喜欢她，但我们不能屈服于这种女性

的柔情！我们现在就单纯散散步，您不觉得这样挺好吗？"

我说："但是莉萨的情况很糟糕，非常糟糕。也许您再也见不到她了……！"罗伯特："好吧，上帝保佑，我们就再也见不到对方了。这就是人的命运。终有一天，我也将不得不孤独地死去。当然，我为莉萨感到难过。她是我的好姐姐。但她的家庭意识近乎病态、幼稚。"稍后，他又说："我们瓦尔泽家的人都过于脆弱且恋家。您难道没有注意到：没有孩子的夫妇——我们瓦尔泽家的人都没有子女——通常会保留一些孩子气。人（至少健康的人）是在关心他人时成长起来的。关心赋予了他的生命以深度。我们家族没有子女，是典型的过分讲究的表现，此外它还表现为极其敏感。"

我们参观了比绍夫斯采尔豪华的市政厅，然后在一家肉铺吃了饭。餐厅里还立着一棵微型的圣诞树。我们吃了肉汤、奶油炖小牛肉片、豌豆、炸薯条、沙拉和水果蜜饯，佐以本地烈性的努斯鲍姆红葡萄酒。招待我们的是怀有身孕的老板娘。罗伯特说，圣诞节的时候，他服役过的部队的一名中士——现在在巴塞尔做会计师——给他寄来了雪茄。他是怎么知道自己的地址的呢？他们已经有几十年没联系过。但这个小包裹唤起了他的许多回忆。然后在元旦那天，一位来自格拉鲁斯的农民——他和罗伯特住在同一个病房——唱起了古老的民歌，包括一首浪漫的中世纪骑士民谣。然而，罗伯特尽可能退出共同举行的圣诞节庆祝活动和礼拜仪式；对他来说，那里太热闹了。

我们坐火车从比绍夫斯采尔去到戈绍，在那里的一家糕点店大吃甜食。我告诉罗伯特，我读了埃里希·艾克关于俾斯麦的三卷本传记，其中有一句关于1852年的评论：俾斯麦想要把所有住着革命者的大城市从地球上消灭。我越来越觉得俾斯麦是希特勒的前辈：一个愤世嫉俗的骗子，在适合他的时候，就会变成残酷的权力政治家和战争贩子。当然他要比纳粹聪明得多，有涵养得多。罗伯特同意我的看法，他说墨索里尼在他看来就像意大利版的俾斯麦伯爵。国家社会主义从腓特烈大王那里就已经开始了。

从戈绍去黑里绍的时候，罗伯特问我可否走一条草地上的小路，这样我们因为喝了葡萄酒而有点迷糊的头脑可以清醒一下。我说好啊。我们艰难地穿过厚厚的积雪，向山丘上的树林走去；在茂密的黑冷杉之间，我们看到了外阿彭策尔州和圣加仑州的界石。罗伯特温柔地抚摩着那块石头，连问两遍："我们不是度过了美好的一天吗？"

在黑里绍，离我的火车开动还有一个半小时。我们犹豫着要不要在火车站餐厅坐一会。我建议我们去村里。罗伯特欣然同意。在村子的旧区，我们走进一家名叫"三王"的小酒馆，里面只有一个女服务员，正坐在那里写信。温暖而昏暗的氛围令人惬意。罗伯特感觉很好，脸上洋溢着年轻的活力。他接连喝了三大杯黑啤，同时抽起了那个中士送的雪茄。几乎有一个小时他都在讲伯尔尼："是的，我在那里生活了差不多八年，直至被送到瓦尔道。在之后的三年半，我一开始还写一些东西，不多，只是为了继续服务我的客户：在伯尔尼的那些年，主要是《柏林日报》，它开的稿酬很高；还有《布拉格报》，给的不多。但他们总是接受我寄去的所有稿子，对我来说，这种信任要比瑞士报纸提供的丰厚稿酬更重要，后者老是挑我作品的刺。在比尔，我主要给各种杂志写稿。您瞧，每到另外一个城市，我都会忘记自己的过去，彻底适应新环境。在伯尔尼，我的日子过得很苦，好多年都是如此。在我那个年纪，没有人提携，想获得一个职位可不容易。我去到伯尔尼的时候穷得像只老鼠，因为我存在银行里的几千马克因通货膨胀而蒸发了。是的，我那时过得很孤独，经常更换住处。肯定超过十几次。有时那房子破旧得不行。我最常接触的是餐厅女服务员和一个犹太出版商的女儿，还有图书管理员汉斯·布略什。偶尔我也和作家 A. F. 来往，但他后来变得厚颜无耻。我应该给他一记耳光的。为了能重新站起来，捕捉到美妙的灵感，我付出了巨大的努力。但我也让大量的酒精流入我的胃，以至于我很快发现自己在这里和那里都不受欢迎。"我："是吗，您真的烂醉如泥过？"罗伯特："当然！我拿到的稿酬大部分都变成酒精被我吞掉了。一个人在孤独的时候，什么事情做不出来！有时在周末或节假日，我会徒步去贝勒莱找我姐姐莉萨，但除了她，我很少见到我的家人。"

我问罗伯特，他在柏林的时候是否真的烧掉了三部未发表过的长篇小说。"完全有可能啊。我那时一心想写长篇小说。但后来我逐渐意识到，我所投入的这种形式要求一种我的才能无法提供的广阔。所以我又退回到了短篇小说和副刊文学的蜗牛壳里。顺便说一下，只有作者才能决定自己应该选择哪种文学体裁，这是他的主权。或许他写长篇小说只是为了最终得到一些空气来呼吸。至于同时代人说它好或不好，完全无关紧要。一个人必须也能够在他取得成功的地方获得失败。如果可以从头开始，我会尽我所能地不断消除自己的主观性，以对人民有利的方式写作。我给了自己太多的自由。一个人绝不能背对人民。作为榜样，我脑海中浮现出的是《绿衣亨利》那惊人的美。"

"在黑里绍，"罗伯特又补充道，"我没再写东西。有什么意义呢？我的世界已被纳粹摧毁。我供稿的那些报纸都停刊了；它们的编辑不是被赶走，就是已经死了。于是我几乎成了一块化石。"

三句评论：

"只有在贫困中，人的理性才会觉醒。"

"世界历史借助天才诗人之口预言自身。"

"依附有其好的一面，独立则会引起敌意。"

在去火车站的路上，我告诉他，元旦那天我在苏黎世看了一出法国笑剧。巴黎的通俗喜剧作者们早已烂熟的不忠主题，在德语中却显得相当笨拙。对此，罗伯特回答说："我对这种主题早就深恶痛绝。但不忠或许是为了让女人保持清醒，否则她们会看得犯困的。"说话间，我们从一个拉着雪橇的小孩身旁经过，他盯着我们看。罗伯特问我："您看到他那双眼睛了吗？就好像猜出我们在挖苦！"

临别时他说："再见——如果我们到时还活着！"

我问："您对此有怀疑？或许我们两个都会活到很老。"

罗伯特说："但愿吧，但愿我们还能共度更多美好的时光。美通常会友好地将自己呈现给寻求它的人。"

1944 年

5 月 25 日

1 月 7 日，罗伯特的姐姐莉萨在伯尔尼去世。就我对他的了解，他宁肯咬断舌头也不愿意谈起姐姐的死。可她对他来说是多么宝贵，《坦纳兄妹》中的女教师黑德维希就是这个富于自我牺牲、母性十足的利他主义者的忠实写照。

为了去看望罗伯特，我好不容易争取到一天半的假期。我的部队目前驻扎在泽维斯。我仍然参加了早晨的行军，登上二千四百米高的维兰山。灿烂的春日。在泽维斯山谷深处繁花盛开的果树中间，龙胆、水仙、仙客来和剪秋罗编织成一片迷人的地毯。当我背着机枪返回村里，朝我们驻扎的带着贵族气质的乡公所走去，只见它前面的广场上挤满咩咩叫的绵羊、山羊以及反应迟钝的母牛，而一个年轻的兽医正拿着注射器在它们中间忙活着。我匆匆换上周日的制服，向着瓦尔采纳火车站疾奔而去。在火车上，我无精打采地打着瞌睡。晚上才到达黑里绍。新的主任医师海因里希·昆茨勒今天外出，因此我明天才能和他谈话。我投宿在同时还经营着一家肉铺的"霍恩丽"客栈。秃头老板正坐在那里玩雅斯牌*，他穿着屠夫的围裙，戴着套袖。我问："我可以在这里过夜吗？"他把我当成牛一样从头到脚打量了一番，然后才回答"可以！"他的妻子和女服务员都长得胖乎乎的，这唤起了我对美食的些许希望。晚上散步时，路过军械库。高高码起的木材垛之间，大概有三十个男孩正在击鼓，其中大部分都光着脚。为了儿童节的表演，他们认真而刻苦地练习着。一位耐心的教员试图教那些相对笨拙的男孩最基本

---

* 瑞士的一种纸牌游戏，共三十六张牌，供二至四人玩。

的技法。几个有智力问题的人在旁边听着，包括一个脸看起来有五十岁的男孩，他笑嘻嘻地踩着滑板车围着鼓手们转。还有一个头发花白、身材矮小的呆小病患者，眨着眼睛拍了拍自己的前额，好像是在说那些打鼓的男孩头脑不正常。看到我穿着制服路过，济贫院里的几个白发老人向我敬礼。——"霍恩丽"的晚餐非常棒。老板说他不愿只给客人提供官方规定的七十克肉。那样的话，他宁愿关掉他的店。当我躺到床上，楼下又打起了雅斯牌，动静大得感觉整栋房子要跳起来。

第二天一大早就和主任医师谈了话，他认为罗伯特的溃疡没有恶化，反而好转了。胃口和体重则保持恒定。徒步经温克尔恩和布鲁根去圣加仑。闷热而阴沉的灰色天气。罗伯特没有刮胡子，沉郁的脸上留着灰白的胡茬。他知道我和医生见过面，正与自己的猜疑心做无声的对抗。直到我讲起为剧作家格奥尔格·凯泽募捐的事，他才主动开口说话。他认为，一个人原则上只应接受大笔的捐款："小笔的捐款会引来嘲笑和羞辱。就我个人而言，我宁愿坐在污泥里，也不想对那些小气的施舍者道谢。自己赚的钱，终究要比接受来的好。"他用无比滑稽的动作向我演示，一个人如何傲慢地从马甲口袋里掏出一枚硬币，又如何立即轻蔑地用脚蹬向受赠者。我向罗伯特问起比尔的"正义之泉"——我曾和我的一位战友、雕塑家弗朗茨·菲舍尔聊到过它。"它矗立在哥特式的市政厅前，其历史可追溯至18世纪初。确实是一件杰作。那时天才的精神仍然生活在民众当中，艺术家满足于做一个手艺牢靠的无名工匠。今天的艺术家根本不知道自己有多么不谦逊。"接着聊到席勒的《钟之歌》，罗伯特最近重读了。他欣赏席勒既有先知的远见，又有通俗化的表现力。他说席勒的内心同时居住着弗兰茨·摩尔和卡尔·摩尔、退尔和盖斯勒。能轻松地将复杂的东西清晰地表达出来，无疑是天才的标志。

我们在布鲁根的"罗思丽"吃了味道浓郁的干酪，喝了苹果酒，又在圣格奥尔格的一家小酒店饮了开胃酒，然后继续上路。无论是浪漫的深谷，还是林中路和草地小径，都令罗伯特倾心不已。在圣加仑，他在改革家瓦迪安出生和去世的那栋房子前站了很久，并低语道："迷人——迷人！最重要的是：当人们都坐在家里的餐桌前吃午饭时，城镇是多么美呀！街道的宁静中透着一种如此甜蜜的神秘。还需要什么别的奇遇！"

我们在火车站餐厅吃了一顿精致的午餐，喝的是"教皇新堡"葡萄酒。罗伯特说，他在瓦尔道疗养院的时候，曾作为锯木工赢得女人们自发的掌声。在与他相处融洽的威廉·冯·施佩尔教授去世后，他很快就和新任院长雅各布·克莱西陷入不和，结果是1933年夏天，他在一个看护的陪同下被送到了黑里绍。罗伯特详细地给我讲解了海因里希·乔克的《自我展示》，说乔克在里面讽刺了海因里希·冯·克莱斯特在伯尔尼所做的关于戏剧《施罗芬施泰因一家》的讲演。接着说到俄国人："整个沙皇时代的文学都贯穿着这样一种思想，即那些所谓的强者和胜者其实是弱者，却悖论般地掌握着统治的舵。例如托尔斯泰的《安娜·卡列尼娜》或者陀思妥耶夫斯基的《永远的丈夫》。"

关于对柏林的空中轰炸，他说："也许这种野蛮行径有一个好处，那就是让大城市的居民回到更直接、更自然的生活中。有多少发霉的过去几百年来一直流传了下来呀！顺便说一句，如果德国人再一次被置于外国的枷锁之下，这对他们来说也没什么坏处。即使是有教养的民族，也得学会服从，为了以后能够统治。"

在森林一样幽暗的花园餐厅"哈尔佛"歇脚喝啤酒，我对罗伯特说："多么傲慢的女服务员！"他回答道："我觉得在这里矜持是绝对明智的。矜持的人通常比热心过头的人走得更远。"
之后我给他讲了下面这个故事：在我值勤的塞沃伦，住着一个高大强悍的女人，她和她的姐妹一起经营着一个农场：这个平胸的、精力充沛的女人，仅凭着装就可以让她从其他村民中脱颖而出。她总是穿着男式的裤子，头戴一顶蒂罗尔式帽子，革带扣住下巴。听说她曾在匈牙利的一个庄园工作过，然后带着对马的热忱返回家乡。她尤其喜欢公马。有一次，当她驱使着她的公马穿过田野时，它想骑一匹拉着车得意地小跑过去的母马。这个女人便一跃而起，从马车夫的座位跳到公马的背上，威风凛凛地把两匹马分开。据说有很多人从四面八方来找这对姐妹寻求信仰治疗。而地方当局不敢干涉。

1944 年

7 月 24 日

徒步去博登湖。罗伯特气冲冲地赶到约定的地点，并为迟到而再三致歉。我在电话里留的口信今天早晨才被转达给他："可能是某个下属的恶意行为吧！当人们处于被压制的地位，看不到自己的希望有可能得到满足，他们就会贪婪地利用一切机会来捉弄地位比他们低下的人。他们喜欢幸灾乐祸，这可以满足他们个人的报复欲。"

天空愁云密布，阴雨绵绵，让果树的绿色显得更加鲜亮。在迷宫般的道路上，我们很难不失去方向。一会儿是林间，一会儿是草地小径和山谷。我们鞋子上沾的泥泞越来越重。不过，我们都非常开心，在狂风中聊得很起劲。

罗伯特取笑几个自诩为文学开拓者的新出版商,"穿着短裤,打着时髦的领带。对于在狂飙中怒吼的席勒,他们只有微笑"。聊到"滑稽大师"查尔斯·狄更斯或戈特弗里德·凯勒时,他兴致盎然。他说读他们的作品时,人们不确定应该哭还是笑,而这无疑是天才的标志。我补充说:"人们在读您的书时,也经常不知道应该哭还是笑。"他身体一震,猛地在乡间公路上站住,严肃地说道:"不,不!我必须恳求您绝不要把我和这些大师相提并论,哪怕是私下里。这会让我想找一个地洞躲起来。"

在提到刚刚被任命为法国驻伯尔尼大使的小说家和游记作家保罗·莫朗时,他说:"想必一个瑞士作家永远不会被提升到这样的位置。我们缺乏分寸感和传统意识。我们直接在自卑感中抬高自己。我们不是粗鲁冒失,就是过于谦虚。这两者在外交中都是不可取的。"此外,他还认为,社交生活对艺术家来说是一种毒药,它让艺术家变得浅薄，并诱使他做出妥协。

在他看来，尼采是一个魔鬼般的、好胜的、过于雄心勃勃的人："他当然具有天才所特有的诱人品质。但他很早就去迎合魔鬼，也就是社会上的失败者，因为他觉得自己是一个失败者。他不是一个阳光的人。他对自己卑微的地位感到愤愤不平，变得自大和乖戾。对女性来说，他的主人道德或许是可以想象的最具侮辱性的：一个未得到爱的人的阴险报复。"罗伯特认为，巴塞尔帮着塑造了尼采。"顺便说一句，十八岁那年，我在巴塞尔做银行学徒的时候，我的哥哥奥斯卡曾邀请我去卢塞恩。您知道这次旅行最让我印象深刻的是什么吗？在他的膳宿公寓里，作为甜点端上来的奶油的日光黄。它叫人想起梵高。"

到达阿尔邦的教堂时，响起了空袭警报。可以听到从博登湖对岸传来高射炮的破空声。罗伯特变得安静了。我们躲进一家糕点店，品尝了奶酪和大黄蛋糕。后来又在一家湖畔餐厅吃鱼。隔壁的大厅里，一群美国空军士兵正在用膳，都是些健壮的、肩膀宽厚的年轻人。

我们去浴场游泳，那里除了我们，不见别的客人。罗伯特用他那瘦弱的双腿爬上高高的跳台，但又爬了下来，说："我们还是不要太冒险了！我现在不得不放弃这种跳跃。过去我可是经常在僻静的湖湾游泳，无论白天还是夜晚，尤其是在韦登斯维尔和比尔的时候。但现在我很少游泳。即使在讲卫生上，人也会过度。"

我们经罗尔沙赫返回圣加仑，在那里的几家小酒馆里流连到晚上。

1944 年

12 月 28 日

一个寒冷刺骨的冬天的早晨，天空不见一丝云。我们在中转大厅里商量要去哪里。罗伯特没有穿大衣，双手和脸颊冻成青紫色，下巴留着白色胡茬，他半笑半疑地问我是否带着既定的计划而来。

"您有什么特别的想法吗？"

"没有，完全没有！"

"阿彭策尔如何？……但今天去那里有点远！我们要不要登高，或者去圣加仑？"

我问："您想去这个城市？"

"说实话，是的！"

"那我们走吧！"

走了几步之后，罗伯特说："脚步适当放慢

一点！我们不是要去追逐美，而是要让美像母亲带孩子一样陪伴我们。"

我说："那您应该穿得再暖和些，瓦尔泽先生！"

"我里面垫着暖和的内衣。我一直很讨厌穿大衣。顺便说一句，我曾有一件和您今天穿的款式差不多的大衣——那是在柏林的时候，一度我莫名地过上了绅士的生活。后来，当我回到比尔住进'蓝色十字'从前住过的同一个小房间时，可以说从来没有生过炉子，最寒冷的时候也没有。我穿着军大衣写作，与那些坐在炉子旁写

瓦尔泽，1909 年左右

作的人相比，我的效率不高也不低。我脚上穿的便鞋，则是我用旧衣服碎片自己做的。我觉得，现代人已经变得过于讲究了。战争至少有这个好处：它迫使人回归到简单。如果汽油不是实施定量供给，我们还能这样在乡间公路上闲聊，不受汽油臭味和司机咒骂声的干扰？现在的人旅行得太多了。人们成群结队地闯入外国的风景区，毫无顾忌，仿佛他们是那里的合法占有者。"

我们朝着阿布特维尔的方向走去。结着白霜的花园树篱就像轻薄的渔网悬挂在柔和的水彩风景中。树木仿佛随时都有可能像气球一样飞向天空。难得遇到一个农民或农妇，矮小得令人难以置信，几乎像是地精一样行走在寂静之中。有时大雾就像裹尸布一样将我们罩住。几分钟后，我们重新看到太阳像一个非物质的球体，悬挂在南方。一条白杨树林荫道。一棵楸树上仍然挂着樱桃红色的浆果，像珊瑚一般。一个圆形的小山丘上，几座庭院的窗户在飘动的大雾中闪现，恍若银色的眼睛，以一种神秘的力量吸引着罗伯特。他有好几次问："我们要不要上去看看？"我说："为什么不呢？只要您高兴，我也高兴。"罗伯特说："我们还是待在山谷中，把这一令人愉快的冒险留到以后吧！从下面仰望美，不也是一种享受吗？人年轻时会渴望节日的到来，对日常生活几乎充满敌意。上了年纪后就更信赖日常，而不是节日。平常的东西使人感到亲切，而不寻常的东西让人生疑。人都会有这样的变化，而这种转变非常好。"

我们路过的瀑布，仿佛被施了魔法一样，已经冻结成冰。当我们穿过一片树林向上走时，罗伯特突然心血来潮，于是我们离开脚下的这条路，转而穿过灌木丛和小溪、土黄色的碎石坡和被伐倒的树木，向下朝西特尔的方向走去。现在他看上去像个男孩一样有进取心，也变得开朗，经常停下来喃喃自语："多么自在——多么神奇！"

越过维纳伯格下到圣加仑，我们在希夫饭店吃了午餐。在贝尔内克红葡萄酒的作用下，罗伯特向我讲述了民主政治家罗伯特·布鲁姆的故事。1848 年，根据紧急状态法，这个在莱比锡当剧院杂役的温和的男人被枪决。与之相比，俾斯麦堪称德皇威廉一世忠诚的牧羊犬。——他认为，盟军要想在德国人自己的土地战胜他们，是非常困难的："防守会使人胸怀变得宽广。无论谁为祖国而战斗，祖国都会赋予他神秘的力量。防守要比进攻高尚得多，因为进攻者必须不断地侮辱和伤害，自我陶醉，用非自然的手段来煽动！"他对今天的大众不以为然。他一字一顿地说："一群讨厌鬼和捣蛋鬼。没有适当的鞭策，他们根本干不出任何像样的事。"

在过去的几个月里，罗伯特从疗养院图书馆借了两本书，读得津津有味：一本是乔治·奥内的小说《冶金厂主》，虽然有点多愁善感和俗气，但对主题的深入值得赞赏，让他想起了画家居斯塔夫·库尔贝。第二本书是斯托夫人的《汤姆叔叔的小屋》，他说这是一部以质朴取胜的作品。它助推了南北战争的爆发。

在普芬德糕点店喝加鲜奶油的咖啡时，罗伯特取笑我们的文学俱乐部和学生，居然想请一位声名狼藉的纳粹作家来做演讲。当局禁止这位作家入境是非常正确的："总之，让一个二流的外国作家在这里炫耀自己，是多么愚蠢啊！而且他也不能代表德国。我们的编辑和'上流'社会一而再地允许来自第三帝国的高级冒牌货在他们面前大放异彩。顺便说一句，您会发现，很多文学基金会同样没什么想象力和眼力。挤到饲料槽跟前的总是同一批山羊。"我们步行回到黑里绍。阳光在通往温克尔恩的草地小径上闪烁着暖光。在路上，罗伯特讲起他的哥哥卡尔被出版商卡西尔派往日本，为了给作家伯恩哈德·凯勒曼的游记作插图装饰。两人来到莫斯科的一个公共广场时，卡尔给了凯勒曼一记响亮的耳光，因为他变得狂妄了。不久后，出版商萨姆埃尔·菲舍尔把罗伯特叫过去，问道："您想不想去波兰，写一本相关的书？"罗伯特问："为什么去波兰？我觉得柏林也一样好啊！"菲舍尔："或者您要不要去土耳其旅行？"罗伯特："不了，谢谢！在别处也可以像在土耳其一样，或许比在土耳其更像在土耳其。我压根哪儿都不想去。一个作家，只要有想象力，何须去旅行？"我随口补充道："对了，我在您的一本书里见过这种观点，您说，'大自然会出国吗？我经常看着那些树，并对自己说，它们也没有离开，为什么就不允许我留下？'"罗伯特说："是的，唯一重要的是通往自身的旅途。"

此后很长一段时间，他都在聊一个如今已经老去的心地善良的女人。她是他姐姐莉萨的好朋友，偶尔会来疗养院看他。她的儿子已成长为一名机械师，做事很踏实，也肯帮助人。现在，母子俩一起住在巴塞尔。"人在年轻时往往低估这种安静的、不起眼的人！然而恰恰是他们使人类团结在一起——他们是使一个国家适于生活的力量之源。"

1945 年
4 月 9 日

一个雾蓝色的早春之日，正如默里克的诗所写的：

> 我看着水流云动
>
> 太阳的金色之吻
>
> 深入我的血管；
>
> 眼睛奇妙地醉饱，
>
> 仿佛进入梦乡；
>
> 只有耳朵听得见蜜蜂叫。

罗伯特穿着一件新的马伦戈西装在等我，这是妹妹范妮送给他的圣诞礼物。他把头发剪短了。我说你今天看起来很年轻。他高兴地笑了

妹妹范妮（1882—1973）

起来，但在去圣费登的路上，他的话很少。通往施派舍尔施文迪的道路在我们的右手边，我们转入能给人带来抚慰的孤独中。一个农民赶着几只山羊进城；一个小学生将马粪铲到他的双轮手推车上；一个头发灰白的女商贩在她圆滚的背上扛着一个小饰品店。汩汩流淌的林中小溪反射的银光，散落在拱形地貌中的农庄，以及远处若隐若现的博登湖的景致，让罗伯特几乎肃然起敬："这是最奇异的时候，早春，一切都得到了许诺，都充满了温柔的希望！现在，徒步旅行是多么轻松啊！天气不再寒冷，但还没热起来，鸟儿重新开始歌唱，云朵随我们同行，人们终于又露出了明亮的脸。"

我们在雷赫托贝尔吃了上午点心。我向酒馆里的一个男人打听埃贡·Z.的近况……他说，埃贡已被关进图尔高的精神病院里好多年。他父亲对他管得太严了。五岁的时候，埃贡就被送到小学读一年级；他每天要走很远的路去特罗根的学校——这使他的神经过度紧张。罗伯特饶有兴趣地听着。之后，我们下到树木繁茂的峡谷，特罗根就坐落在峡谷的另一边。

在我们的上方，有一场空战。农民们放下手中的活，盯着天空。罗伯特则看向冷杉树和鲜花、整齐排开的阿彭策尔小屋和陡峭的岩石斜坡。他只想享受整个上午的散步。

我们在特罗根的"谢芙里"餐厅吃了午饭。

胃口大开的我们把每个盘子都吃得精光：燕麦汤、油煎香肠、土豆泥、菜豆和糖渍梨。旁边的桌子坐着几名士兵，正在谈论纳粹政权的崩溃。罗伯特跟我说："对希特勒的愚蠢崇拜早晚会遭到恶报。任何像他这样被捧得高高的人最后只能是跌入深渊。希特勒已经将自己催眠到一种愤世嫉俗的自满状态，在这种状态下，他对人民的福祉根本无感。"——然后，他回忆起赖蒙德的《挥金如土的人》。这部剧，他在柏林看过一次，还是他的哥哥卡尔做的舞台装饰。吉拉尔迪饰演木工师傅瓦伦丁，他将自己曾经侍奉过的没落伯爵收留在家："他唱的《刨刀歌》至今仍在我耳边回响。"后来他在伯尔尼还看过黑贝尔的《抹大拉的玛利亚》，这部剧让他强烈地想起席勒的《阴谋与爱情》。他不明白，为什么这种如此有意思的剧本却很少上演？他向我详述了剧情。

关于当代诗，他问："您不觉得，今天的诗

人有一种过分的绘画感？他们简直害怕表露自己的感情，于是转而寻找独特的图像作为替代。但图像是好诗的本质所在吗？难道不是感情赋予了诗以心跳？"

在圣加仑的火车站餐厅，罗伯特说："我可喜欢听收银机的叮当声、盘子的碰撞声以及酒杯的脆响声。它们听起来就像是美妙的交响乐。"上个月他又读了一遍玛丽特的《在商务顾问的房子里》和冒险家弗里德里希·格尔斯泰卡尔的军官小说《在角窗》；尽管格尔斯泰卡尔笔下的角色就像牵线木偶一样，但他仍然是一个引人入胜的讲述者。罗伯特·瓦尔泽从来没有自己的图书馆，最多是一叠廉价的平装书。还要其他的干吗呢？"故事无处不在。在伯尔尼，有段时间我住在克拉姆街十九号一个和蔼可亲的女裁缝家；那栋房子曾属于冯·哈尔维先生。但如果您认为在伯尔尼总是那么舒适，那您就错了。情况正好相反。伯尔尼有很多地方都闹鬼，很诡异。这也就是我为什么经常搬家。我觉得有些房间简直阴森可怕。"

在火车开出前几分钟，我向他坦承："不要生我的气，瓦尔泽先生！是我托主任医师问您，是否愿意搬到疗养院里更高级的病房！"罗伯特回答说："我为什么要去更高级的病房？您不也仍然是个二等兵，而没有军官的架势？您瞧，我也是这样一个二等兵，想保持现状。我和您一样，对成为军官没有任何兴趣。我想和人们生活在一起，并消失在他们当中。这是最适合我的方式。"

1945 年

8 月 12 日

原子弹已经发明了出来——世界大战结束了。在经历了风以一百公里的时速呼啸着穿过树林的暴风雨之后，日子又恢复了平静。当我乘车去火车站时，苏黎世湖上正笼罩着一层薄雾。我窝在快车的无烟区读起书来。在温特图尔，一个肥得像填鸭的母亲带着她的小女儿挤了进来。本来安静的车厢一下子变成了儿童房，她专横得就像自己是世界的中心。在把一个玩具娃娃竖放在座垫上后，她又是给小女孩整理头发，又是拆开沙沙作响的纸吃早餐。她那肥硕的后背近乎炫耀般地正对着我，以至于我的视线完全被挡住。

到黑里绍。罗伯特从远处向我招手。他问

我有什么打算。我说没有。所以他自己给了方向。阳光破云而出；教堂的钟声伴随着我们穿越戈绍。天堂般的丰富：树枝上挂满了苹果和梨；啃草的奶牛；礼拜天的早晨格外安宁。在路过阿内格之后，我们沿着草地小路向南转，来到一处农庄。一条阿彭策尔牧犬紧跟在我们身后。一个农妇走到门前，但没有理会我们的问候。我说："我发现这里的人不如外阿彭策尔州的人友好。"——"不是不友好，只是更矜持。我们已来到菲尔斯滕瓦尔德，这里属于天主教的教区。"草地小路突然间就到头了。罗伯特说："所以说我们没有理解那条狗。它是想警告我们不要进入私人领地。顺便说一句，您有没有注意到，现在的狗比以前的狗安静了许多，就好像它们因为电、电话、无线电广播，等等，而失去了发声的能力？"我反问："我们要不要往回走？"罗伯特停下脚步，像乐队指挥一样，挥舞着手中的雨伞："但是，但是——您竟是一个失败主义者？"他摆出一副演员的姿态，援引格奥尔格·毕希纳的《丹东之死》:"我看到巨大的灾祸正降临到法兰西头上。这就是独裁,它已经撕开自己的面纱,它趾高气扬,在我们的尸体上傲视阔步……"

我们拐入一片冷杉林,但没过多久,就来到了一个沼泽的斜坡。可以听到从深处传来溪流的汩汩声。罗伯特说:"天啊,我们是不是得把命豁出去?……走向光明!"我们进入了一片土豆地和麦田,不得不翻过很多带刺的铁丝网。在一次休息时他说:"我们刚才的经历特别容易让人想起冈察洛夫的《悬崖》和陀思妥耶夫斯基的《群魔》。我请您怀着崇敬之心倾听这一段:'现在我待在这里做什么呢?还不是反正一样?我也去当乌里州的公民,住在峡谷里得了。'"*

---

* 乌里州是瑞士的一个州。陀思妥耶夫斯基可能影射了赫尔岑的经历,1851年赫尔岑被沙皇政府剥夺公民权,失去返回俄国的权利,遂加入瑞士国籍,成为弗赖堡州的公民。关于乌里,斯塔夫罗金在给达里娅·帕夫洛芙娜的信中还这样写道:"我对乌里并不抱任何希望,我只是到那里去而已。我并不是故意要挑一个阴森可怖的地方。我在俄国了无牵挂——我在俄国就像在任何地方一样,一切都感到陌生。不错,较之别的地方,我更不喜欢住在俄国;但是甚至在俄国也没有任何东西能让我憎恨!"

我从没有像今天上午这样清晰地感受到罗伯特身上的那种流浪者的本性；他比以往任何时候都更精神抖擞。他把裤脚卷起来，用鼻子闻了闻气味，估计着太阳的位置。看到远处有一群农民，他抓着我的胳膊说："快点，这样我们可以不必与他们照面！"尽管从未到过这个地带，他却并没有把路带偏。我们在"坦能堡"餐厅享用了火腿和啤酒。味道不错，但价格过高；贪婪的女侍者……奶牛的世界，苍蝇的世界。我们在正午时分到达恩格尔堡，女店主为我们端上大块的肋肉排和菜豆。几个村民带着猎枪、绶带、羽饰和丰饶角走进来。他们要去邻村参加射击比赛。在去阿布特维尔的路上，我们聊到了卡尔·施皮特勒。罗伯特："我觉得他越来越像一个精神科医生，以小主神的身份统治着一大群傻瓜。这就是施皮特勒给我的印象。他有一些令人感佩的东西，但也有一些使人反感的东西。一个人没有足够的傲慢或自大，爬不到他那样的位置……

顺便说一句，如果让我说一个诗人的名字，我绝不会想起施皮特勒。在瑞士人中，浮现在我脑海里的几乎总是凯勒和他的《绿衣亨利》，以及迈耶和他的《于尔格·耶纳奇》。这两位是民主主义者和小说家，在这片土地上，这样的人物此前从未出现过，此后也不会有。"

"戈特赫尔夫呢？"

"乔治·桑被他迷住了；但我更喜欢其他的神。"*

他向我讲述了他从柏林回来后，同编辑先生们打交道的悲惨经历。他不得不把他的东西直接强塞给他们。他不是一个时髦的作家，而几乎所有人都在向流行看齐。胜利的钟声还没有停止，某些出版商就出现在伦敦，为了守在煎锅边，以便分餐时不至于吃亏，这样的景象难道不令人厌烦吗？罗伯特认为，多一些理想主义，少

---

* 瓦尔泽在这里玩了一个文字游戏，戈特赫尔夫的德语为 Gotthelf，Gott 意为神，而戈特弗里德·凯勒的名字里也有 Gott。

一些商业头脑，对他们有好处。

关于作家夫妇埃弗拉伊姆·弗里施和费加·弗里施的对话；埃弗拉伊姆——莱因哈特的剧评家以及《新水星》杂志的编辑，这本杂志偶尔会刊登罗伯特·瓦尔泽的文章；费加——翻译过差不多五十种俄罗斯名著，译笔精妙。罗伯特说，费加有一次邀请他去喝茶，当时她丈夫不在家。喝完茶后两人想一起外出散步，他自告奋勇帮她穿鞋。"但她以令人愉快的机智拒绝了我的提议。"

到黑里绍后，罗伯特用他的雨伞指着火车站餐厅，说："向着啤酒和黄昏——前进！"在谈到刚刚被打败、还在因受伤而呻吟的德国时，他说："但愿德国人终于学会不要总想用天才来推动他们的政治！他们那该死的浪漫主义嗜好彻底毁掉了他们。他们总想向世界展示他们拥有一群聪明的、有异能的家伙。就好像政治与天才有什么关系似的！瞧瞧那个惬意地抽着雪茄的丘吉尔！你可以想象他坐在酒吧里，就像坐在家里的扶手椅上一样。他没有任何矫揉造作和神经衰弱的倾向。但他也是一个天才，在没有大张旗鼓的情况下，拯救了很多人。把精力用在做正确的事情和理性的事情上，也是一种天赋，只有这样，德国以及欧洲才能避免坠入深渊。"

1945 年
9 月 23 日

鼠灰色的雨天。门房忘记向罗伯特转达我打过的电话。现在他手里拿着那顶凹陷下去的帽子，以轻快的步伐向我走来，说："真是意外之喜呀！"——我们在布满水洼的田间小路上快步走向弗拉维尔。他说他时常希望下雨。雨使得色彩和气味更加浓郁，而且躲在雨伞下有一种在家感。

在弗拉维尔的"王冠"酒店，我们点了大份的蔬菜和肉类拼盘，最后甚至还吃了一小盘掼奶油。由于我们来到了苹果酒的天堂，我们有幸喝到了最新的一批苹果酒。吃饭时，罗伯特说：

"上次您向我问起病人 A. D. 的情况，您认识他的侄子。我是在您刚走后才想起这个人来的。大约一年半前，他在我们的疗养院去世了。我们称他为'黄金大叔'。我想他在美国待过很长一段时间，在农场或者别的什么地方。不管怎么样，他谎称有很多秘密的财富在美国等着他。有一次，一个上了岁数的、衣着华丽的女士来看望他，名叫'萨宾娜'，看起来就像戈特弗里德·凯勒作品里的一个人物。顺便说一下，这个 A. D. 是个可怕的吃货，总是像饿狼一样贪食。我曾亲睹他将一整罐盐倒进自己的食物里。每次看到他匆忙地将所有东西硬咽下去，我就感到非常恶心。吃完饭后他经常会呕吐。可能胃不太好。"

在去戈绍的路上，罗伯特说："我还必须给您讲一讲我是如何迅速写完《助理》的。您知道，舍尔出版社邀请我参加一场小说比赛。好吧，为什么不呢？不过除了我在韦登斯维尔做职员的那段经历，我想不到写别的。所以我就把它写了下来，就像把已经写好的东西誊抄一遍。六个星期内我就完成了。"我告诉罗伯特，一个土生土长的韦登斯维尔人向我保证，小说里的每一个小酒店和每一个人物形象，他都可以认出原型。顺便说一句，在苏黎世高地的一个火车站，我想是在贝雷茨维尔，仍然可以看到发明家托布勒的广告钟。罗伯特说："托布勒破产之后，我还在伯尔尼碰到过他几次。他是一个脾气暴躁的人，而他的妻子则是一个高大而安静的温特图尔女人。"

"《坦纳兄妹》的背景是在哪里呢？"

"苏黎世，以及伯尔尼的一个小乡镇托伊费伦，我姐姐莉萨曾在那里当过一段时间的老师。之后她才去的利沃诺，做了七年的家庭教师。后来她又去了贝勒莱，在那里教了近三十年的语文课。她在托伊费伦和贝勒莱的时候，我经常和她待在一起！"

最后，他说："我认为现代瑞士文学的主要弊病在于，我们的作家是如此浮夸地将自己的人民说成是可爱的和善良的，就好像每个人都

莉萨在贝勒菜的州立精神病院当老师，教导那里的工作人员的孩子

是裴斯泰洛齐。自世纪之交以来，我们这一代就处于一种不应有的安全感中，这使得我们的作家几乎个个都像首席教师，那种迂腐有时候简直让我犯恶心。所有恶魔都被打死了。而戈特弗里德·凯勒是多么与众不同啊！我相信他的内心里也住着一个恶棍。马克斯·沃尔温特就是他自己。任何没有在自身经历过深渊的艺术家都只是半吊子，如同一株没有气味的温室植物，而我们从凯勒与迈耶时代起所采取的空想社会改良家的立场，是多么乏味！"

1945 年

12 月 30 日

　　我们乘车前往罗尔沙赫，然后徒步穿过散发着刚出炉的面包香味的小渔村施塔特，朝着布赫贝格的方向走去。到布亨时，从教堂里传来教徒们的歌声。街道之安静，犹如农庄之安静，蓝色的烟雾从烟囱中袅袅升起。当我们到达布赫贝格的格雷芬施泰因城堡时，罗伯特高兴地停下脚步。这座城堡是 16 世纪的市长瓦迪安下令为他的女儿建造的。我告诉他，我的好友画家查尔斯·胡克和他的妻子勒妮就住在邻近的农舍里。我的说话声有意比平时抬高了一些，想着里面的两个人或许能听到。走出几米后，我转过身，正好看到勒妮向外头张望，朝我们挥手示意。她喊道，查尔斯生病了。我们要不要进去看望他呢？

罗伯特用胳膊推了我一下："不，不，我们不要在这里耽搁了！"怎样才能克服他这怕见人的心理呢？我说："就让我们进去看一眼病人吧！至少握个手，否则有失礼貌。"罗伯特不情愿地听从了我。查尔斯穿着睡袍在家门口迎接我们，一张发黄的脸满是皱纹。我被他这副憔悴的样子吓了一跳；从远处看，他让人想起图卢兹·劳特累克*。我们被带到温暖的客厅，里面有一棵圣诞树在做着梦。勒妮给我们端来咖啡和刚出炉的羊角面包。我们欣赏了查尔斯为福楼拜的《情感教育》画的钢笔画；在友好的谈话氛围中，罗伯特逐渐放下拘束，展示了他对福楼拜笔下人物的熟稔。查尔斯又从工作室里拿出几幅新画的油画：柔和的博登湖印象；鸽灰色的天空和鸽灰色的水，看不出哪里是开始，哪里是结束。我

---

*　图卢兹·劳特累克（1864—1901），法国画家，贵族出身。十四五岁的时候，先后两次摔伤，导致腿部骨骼停止发育，靠天才来超越生理缺陷。

觉得他在处理色彩的渐变方面取得了长足进步。我们又参观了那栋可爱的房子，然后道别……

当房子已在我们身后，我们再次独处时，罗伯特停下脚步笑着说："刚才的一切不是很令人着迷吗？温暖的客厅，闪闪发光的树和蜡烛！那松脆的羊角面包像是直接从巴黎运过来的！"

我问他为什么离开柏林之后没有去巴黎。"去巴黎？决不！巴尔扎克、福楼拜、莫泊桑和司汤达在那里写下了无与伦比的作品，这种地方我是绝不敢去的。对我而言，在柏林受到重挫之后退回到小小的故乡，是唯一正确的选择。"在短暂的沉默过后，他又说："我还没有蠢到无法对自己的才能作出批判性的审视。啊，有谁像戈特弗里德·凯勒那样得心应手地写作呢！在他那里，没有一行字是多余的。一切都经过深思熟虑的、明智的安排，就像它们本该的样子。"

罗伯特再一次为布赫贝格的美倾倒，它和它的葡萄园一起，就像一条温顺的鲸鱼，躺在风景中。海登和沃尔夫哈尔登在柔和的雪光中迎接我们。我们在莱茵埃克的"赫希特"酒店吃了辣味兔杂碎。可惜没有布赫贝格葡萄酒；我们点的纳沙泰尔红葡萄酒不太合我们的口味："联邦葡萄酒"。罗伯特讲起有一次他和马克斯·斯莱福格特、利奥波德·冯·卡尔克罗伊特伯爵以及布鲁诺·卡西尔坐在一起，斯莱福格特当着其他人的面嘲笑他的失败，说他恰恰应该成为一名司汤达主义者，说读者觉得他的书很无聊。"我应该怎样回答呢？那时的我确实毫无成果，不得不承认他说得对。"他顿了一会儿，又说："有一天，阿尔宾·措林格给我寄来一本他自己主编的《时代》杂志，里面有他对《助理》的评论。不过他显然考虑不周，因为同一期还有一篇评论，对一个相当平庸的作家同样大加赞美。或许措林格是想以此暗示：'不要拿瓦尔泽太当回事！他就是一个无足轻重的小人物。还有很多作家写得不比他差。'是的，那些主编就是这样。

他们像渴望权力的蟒蛇，盘绕在作者的身体上，随心所欲地挤压作者，让其感到窒息。"

我们躲进圣加仑的一家昏暗的啤酒馆。罗伯特说："啤酒和黄昏可以将一切重负带走，很神奇。"我们在漫天飞舞的雪花中分别。

1946 年
7 月 17 日

一夜雷雨大作之后，早晨带着明亮的蓝天和焚风形成的长长的鱼状云驶来。一群欢腾的学生登上火车，开始他们的班级旅行。——我建议我们继续坐火车到乌尔奈施，然后从那里攀登洪德维尔山，但罗伯特拒绝了："我们还是走过去吧！"他指着南面一个绿色的山顶。在我看来，那座山离我们无限遥远。但他执意这么做。他建议我们快马加鞭。他的裤子对他来说有点太长了，他解释说裤子是他哥哥卡尔的。进入一个深谷！我们走在一条老旧的骡子道上，右手扶着一根陡然向下延伸的钢丝绳。一条苔绿色的河从我们脚下淌过，我提议我们可以在河里洗个澡，如果再吃个点心啥的就更好。罗伯特用一副吃惊的表情回绝了我，并带着嘲弄而激昂的语气说："谁若想胜利，就不要想着休息！"所以我们继续往深谷的另一边爬去。他的动作就像一只猫。沿途可见零星的农家院子、散发着浓郁芳香的牧场、一片又一片森林……

我们长时间地讨论了我提出的下面这个问题：

有一对夫妇是我的朋友，他们年轻而漂亮的女儿，正在受一个坏家伙的影响，一次偶然的机会，我在一家咖啡馆看到他们在一起。我听说过这个粗野而不修边幅的青年的很多劣迹，据说他有催眠能力，并利用这种能力来俘虏青年人。还有人言之凿凿地告诉我，他想引诱我朋友的女儿去喝酒，然后在深夜将她带到那种不干不净的小旅馆。现在问题来了：我是应该提醒女孩的父亲（她母亲病了，不能刺激她），他女儿正处于危险之中，还是应该保持沉默？罗伯特全盘地考虑了这个问题，并向我详细询问了细节。

然后他说："站在朋友的立场，我建议您什么都不要做，否则只会为自己惹来不快。人们也许会怀疑您是在造谣，是嫉妒心作祟，说您心胸狭隘，以道德之名多管闲事。那个女孩和您到底有啥关系呢！爱，即使最终以不幸结束，对于天真之人而言，也是一所经验的学校。一个人必须对生活和人有信心，相信危险的时刻会在人们心中唤起强大的力量。谁若跌倒了，还可以爬起来……是的，如果我是您，我就会保持沉默！"

我说："确实，干预大概只会给我引来一身麻烦。但问题不是我要让自己心安理得，而是那个女孩，她跟那个混蛋在一起就是在糟蹋自己。朋友的义务要求我将这件事情告诉她父亲。"

罗伯特说："根本不存在什么朋友的义务。只有一种友谊，那就是不受束缚的自由。您为什么要插手只有父亲和母亲才有责任的事情呢？"

我说："坦率地说，我的感受和您的不一样。如果一个朋友在战斗中倒在我身边，那么对我来说毫无疑问的是，无论如何我都要照顾他。"

罗伯特说："那也是错的。您需要做的只是关心胜利，也就是说，向前冲，并赢得战斗。不应当为了个人而忘记伟大的目标。想赢的人必须也能够正视牺牲。"

在我们往山顶爬的一路上，罗伯特都在阐述他对这个话题的不合流俗的看法。他告诉我，他曾在苏黎世偶遇一位来自比尔的美人。她在一次堕胎过程中悲惨地死去，但她用她的魅力让很多男人感到了幸福。必定也存在这样一些人，他们不走常轨，而是沿着歧路发展出奇特的命运。人不应干预造化的玄妙莫测。

我们在洪特维尔山顶吃上午点心，罗伯特曾和他姐姐莉萨来过这里，不过那次是从苏黎世人磨坊出发，沿着一条相对轻松的路线上来的。从森蒂斯山脉翻滚下来的黑色塔状云和浅灰色云絮使得光线充满了戏剧性，罗伯特用闪亮的眼睛欣赏着这一切，聊起了格哈特·豪普特曼，后者在阿格内滕多夫落入了俄国人之手，一个半月前在那里去世，大概是因祖国的悲剧郁郁而终。罗伯特说自己曾在柏林偶遇豪普特曼，不过他后来的印象是，这位作家的头脑和心灵在"肉欲的枕头"上睡着了。"忍住不向女人献殷勤，从长远来看总是值得的。只是一个人必须能够耐心等待回报。"

当我们从客栈走出来时，天变成了墨黑色。零星的雨点像铅一样重重砸下来。我们沿着山脊向南走。一群非常漂亮的奶牛懒洋洋地躺在"公牛山"上休息；这里的一切都透着平静、饱足、怡然。居然有如此怡然的地方……穿越森林和成群的小公牛，下坡进入山谷。我们走得很快，以至于雨似乎都跟不上我们的脚步。午后不久，我们走到公路上，身上差不多已干。尽管离阿彭策尔已经不远，我们却改道去了洪特维尔。

一个小时后，我们抵达那个村庄的中心。在路上，罗伯特谈到戈特弗里德·凯勒的《马丁·萨兰德》，说他很钦佩这本书的开篇，同时更惊讶于凯勒之后没有写任何东西。可能他的内心被耗干了。我们在"贝伦"餐厅坐下来，吃小肉块、土豆饼、菜豆以及烤奶油。从附近的度假营地传来轻柔的歌声，唱的是"阿尔高有一对情侣"；几个村里的孩子跟在一台手摇风琴后头，从街上走过。最小的小孩像新娘一样背上披着长长的圣加伦花边面纱。我们坐了将近两个小时。一位医生过来给隔壁房间一位患中耳炎的客人注射药液，然而似乎是因为诊费只有五瑞士法郎，他不能长时间在此耽搁。

我给罗伯特讲了一个记者的故事，这个记者是一家大编辑部的马屁精，总讲一些他们想听的东西，可谓一个毫无理想主义热情的年轻人，吝啬而麻木。即使在观看最感人的戏剧或者电影场景时，他也会从皮质公事包里拿出三明治来细嚼慢咽。尽管家境殷实，但他会后悔自己花钱买纸，去写他那些淡而无味的文章，而是从编辑部秘书处那里拿。父亲去世时，他请求把报道葬礼的任务交给他。编辑部同意了他的请求，但很有幽默地没有支付这篇报道的报酬。他就像莫里哀戏剧中的一个人物，总是穿一件宽大的黑色短上衣，仿佛在某个破旧的账房工作。罗伯特问道："您有没有注意到，几乎所有的吝啬鬼都能活很久？仿佛连死神都怕他们。"

在步行返回黑里绍的途中，我们讨论了一位小说家针对我在报纸对他的负面评价做出的反批评。罗伯特建议："一笑了之，保持沉默。这是应对这种情况最好的做法。一个人必须能够忍受些许臭味。"

1946 年
12 月 29 日

彻骨的寒意；地上积了约二十厘米厚的雪。
我们几乎不得不跑步取暖，因为罗伯特没有穿
大衣。清晨银灰色的气氛令他心旷神怡。只有
一次他变得很暴躁，当时我们正路过一个农庄，
一条狗跑出来绕着我们狂吠。他撵了几步并喊
道："你个小魔鬼，快点离开我们！"

两个小时后，我们到达下托伊芬，在一家面
包店点了咖啡面包套餐。面包师的妻子去教堂
了。她的小女儿和一个患有低能症的女工在厨房
里咯咯笑着为我们准备早餐。罗伯特大口地啃着
刚出炉的葡萄干白面包，像猫一样将果子酱舔
得干干净净。将他带到托伊芬可费了一番功夫，
有好几次他都想转身去圣加仑。而现在，他讲

起了他的祖父约翰·乌尔里希·瓦尔泽。祖父出生在这里，有十四个孩子，在巴登州暴动期间，许多革命文章是在他的利斯塔尔印刷厂印的，并在夜色的掩护下，偷运到莱茵河对岸。

在托伊芬通往施派歇尔的路上，几个村里的年轻人在玩雪橇和滑雪。过了一阵后，路变得非常安静，雾气弥漫。"要当心俄国人，"罗伯特说道，"我们正进入荒凉的水域！"他告诉我，来自比尔的作家们极化得很厉害，有的在政治上持极左立场，而另一些则持极右立场。其中一个甚至还因叛国罪受审。"这让我得出这样的观察：左右两翼走到极端往往会相遇，就像兄弟姐妹一样相似。"对他个人而言，比尔是一处休养所，在无法继续承受柏林这个大城市的压力和紧张之后，可以在那里恢复元气。他是作为被嘲笑、不成功的作家回到比尔的，兜里只揣着几个瑞士法郎。靠着做银行学徒挣来的第一笔钱，他买了一些廉价的平装经典作为自己的藏书，还在戏剧协会扮演了一些小角色。

我说:"您怎么能总说自己是失败者呢?作家的成功岂是用卖出的书的重量来衡量的?如今仍有多少人在热情地谈论您的作品!"但罗伯特听了我的话后,就像被蛇咬了一样发作,在浓雾中绝望地喊道:"安静,安静!您怎么可以说这样的话!难道您以为我会相信您的社交谎言?"这时正好有个人,或许是村里的兽医,骑着一匹粗壮的马疾驰而过,像幽灵一样消失在大雾中。我让罗伯特舒缓下来,然后我们开始讨论我们的作家的主要弊病,即总是希望纠正自己的同胞。罗伯特认为,只有通过缺陷,人格才能获得深度,并补充道,人们把他当作垃圾桶一样倾倒廉价的建议。

当我们在施派歇尔的"阿彭策尔饭店"吃午饭时,罗伯特说:"真可惜,戈特弗里德·凯勒让自己在策尔特韦格那保守的房子里变得腐烂,像老鼠一样死在陷阱里!"这时我忍不住插话说："您看，瓦尔泽先生，您现在也在用老瑞士的方式教训人！"他微笑着承认："是的，没错。但我这些话不会再使凯勒痛苦了。"

1947 年

5 月 26 日

　　在戈绍，我们遇见了举行田野宗教游行的队列，助祭们的红色法衣像天竺葵一样格外显眼。我们打算去奥伯比伦，罗伯特还没去过那里。他坚持要沿着宽广的公路行走。一辆又一辆汽车、自行车和摩托车以凶险的距离从我们身旁呼啸而过。但他保持着镇静，给我讲起了巴尔扎克的《欧也妮·葛朗台》，用这个故事证明忠诚会有回报，不忠会遭到惩罚。最终，他同意走小路。在我的建议下，我们选择了右边的林间路，但罗伯特提醒说："正确的道路常常会将人引向错误，而错误的道路反而会通向正确。"*

---

* 　德语中，"右边的"与"正确的"同为 recht。

奥伯比伦看起来就像装在由树木编织成的篮子里。在一栋房子的外墙上，我们读到这样的格言诗：

> 幸与不幸
> 都平静接受
> 两者都会过去的
> 就像你也会。

早餐：提尔西特奶酪、黄油、牛奶咖啡、啤酒。女店主像弗吕的圣尼古拉一样瘦削而严肃，散发着苦行的气质。她坐在旁边的桌子边低声计算着什么，女仆则像母亲一样照料着我们，给我们端上丰盛的食物。厨房里传来吟唱赞美诗的祈祷声；显然，有一个教派在这栋房子里集会。

我告诉罗伯特，斯特林堡的《梦的戏剧》在圣灵降临节后的星期一首演时，我就坐在托马斯·曼的后面。他那又长又尖的鼻子和尚未灰白的浓发，令我印象深刻。罗伯特说："这就是成功的保健作用。有多少人因为失败过早地躺进了坟墓！而托马斯·曼早在年轻时就已经获得了一切：中产阶级的平静、安全、家庭幸福、认可。即使流亡，也没有使他惊慌失措。他在陌生的土地上继续写作，就像勤奋的代理人在他的国外分公司工作，他的'约瑟夫系列'就是这样写成的，它们显得枯燥，费力不讨好，远不如早期作品那样惊艳。不知怎的，总能够从他后期的作品中嗅出室内陈旧的空气，而它们的作者看起来也是如此：他就像一个总是坐在办公桌和账簿前勤奋工作的人。不过，他的资产阶级秩序感以及几乎像自然科学家一样要将每个细节都放到正确位置的努力，值得人们尊敬。"在果实累累的树下歇脚时，他说："这些树真是幸运。它们每年都能开花结果。"

继续前行！走到尼德维尔；一个牧师友好地向我们打招呼，他正带着乡村乐队去弗拉维尔参加一个庆典。我们转回到公路上。公路在正午的热浪中像马口铁一样闪着光，柏油带如同一条黏稠肮脏的黑色小溪，从中间将路分成两半。罗伯特的脸晒得像西红柿一样红。但他朝我微笑着，试图鼓舞我："如果能这样，以相同的步调，一直走到晚上，那就好了。"

戈绍。我们在一家门面很宽的旅店前犹豫不决。有个当地人经过时说："去'王冠'吧！"他头也不回，大概是怕这家旅店的老板或员工看到他在抢客。我们听从了他的劝告，并且确实吃到了丰盛的食物：肉汤、鲜嫩的荷尔斯泰因煎肉排、菜豆、胡萝卜、面条、沙拉以及冷冻过的蛋白甜饼。此外，应罗伯特的强烈要求，我们还点了西班牙红葡萄酒。拖着一条瘸腿的大肚子店主在隔壁桌，给其他客人讲解火鸡的烹饪法：应该怎样去除神经，如何细致地解剖四种肉。我们喜欢他说话时的实事求是，以及表面冷静的语气下也能听出来的对所做之事的热爱，而这大概是所有手艺人的特质吧。

　　我们聊起了刚刚去世的拉缪。罗伯特承认拉缪是瑞士西部最杰出的作家，但觉得拉缪的地方主义已经过时，有时是被迫的。今天的艺术必须把目光投向全人类，而不应投向本乡的农民，在对农民形象的塑造上，再也不可能有人能超过戈特赫尔夫。我向他坦白，我很钦慕爱德华·冯·凯泽林伯爵忧郁的贵族气质，最近我读了他的《和谐》与《多彩的心》。您是否见过他本人？我问罗伯特。"是的，见过几次，在慕尼黑的斯蒂芬妮咖啡馆，他差不多每天都点一小杯白兰地，带着高傲的孤独坐在那里，几乎失明地置身于一群忙着出人头地的人中间。他给我的感觉，就像一头超群绝伦的狮子。"见我向他投去疑惑的目光，他解释说："狮子可是它的王国的国王。一种濒临灭亡的国王。爱德华·冯·凯泽林就是其中之一。"他的散文所具有的庄重优美的风度使罗伯特着迷："真正的大师不需要让自己像大师。他们仅仅是——就这样！"

在傍晚的散步中，罗伯特谈到了当今的神职人员："我注意到好多牧师的行为，好像他们仍然生活在路德、加尔文、茨温利或布林格的时代。他们极力追求禁欲主义，而他们自己也看不出这样做有何必要。他们认为自己欠着传统的债，尽管他们现在有更重要的事情去做。"

"比如说？"

"少谈上帝，多按上帝的要求行事。"

1947 年

11 月 3 日

煤黑色的天空。

"您吃过早餐了？"

"没有，您呢？"

"也没有！"

"那好吧：先把肚子填饱，再考虑其他的。"

我们先去了灯光昏暗的火车站餐厅，但并不走运。壮实的女服务员遗憾地告诉我们，她无法为我们提供咖啡——因为没牛奶了。于是我们穿过寂静的村子。在一家面包房，我问能否为我们提供点吃的。空气中飘着新鲜面包的香味；面包师正在用一把长木铲将一些圆形面包送入烤箱。没有，他回答说，他妻子去探亲了。倒霉！第三次尝试是在一家客栈，终于成功了。但那里的早餐有点糟糕，还贵。女服务员脾气很差。罗伯特的心境也跟着坏起来。

向山丘之上的奥伯贝格城堡无声进发。果树上的蜜黄色火焰似乎使罗伯特稍微平静下来。我们走进这座建于十三世纪中叶的城堡，从 1924 年起，它归到一个合作社的名下。不待我们开口，女仆就打开了小教堂、军械库、刑讯室以及卧室的门，罗伯特温柔地抚摸着四柱床的花布帐帘。我帮女仆将水壶提到厨房。罗伯特喜欢温暖的餐厅，但有个年龄不大的女服务员在我们的桌旁摆弄着火柴，让他很是紧张。所以我们继续赶路。

开始下起暴雨，就像天空在用雨水鞭打着大地。罗伯特带了一把雨伞，我有一件破旧的大衣。我们曲折穿过田地和森林，越过峡谷，经阿布特维尔去往恩格尔堡。有时，罗伯特会停下来，惊叹于锈红色的秋叶，喃喃说着令人费解的话。走到一栋顶上有小塔楼的别墅前时，我说："这可能就是《助理》里的别墅！"他面露惊诧地回

韦登斯维尔的阿本德斯滕别墅。1903 年瓦尔泽在这里被聘为 "助理"

瓦尔泽,1905 年。写作《助理》的两年前

答道："确实是相同的风格。我在韦登斯维尔做助理时进出的阿本德斯滕别墅，就是这种样子。"

雨越下越大，以至于我们逐渐像溺亡的猫一样湿透，我建议在圣加仑的郊区乘有轨电车。然而，罗伯特认为我们应该坚持到底。也行！最终我们浑身湿漉漉地来到车站的三级自助餐厅，然后把自己藏在一个角落，以免别人看到我们脚边积聚的池塘。那里有辣味兔杂碎。罗伯特咧嘴一笑。在吃餐后甜点时，我提到美国教友会获得了今年的诺贝尔和平奖。他问："您可知道，他们的领袖、巡回传教士威廉·佩恩在三百年前建立了宾夕法尼亚州，并梦想着建立一个国际联盟？乔克在一篇非常出色的中篇小说中写到了他。"他说，在乔克的时代，人们还懂得如何写出优雅的中篇："而现在，作家们用他们那臃肿的无聊来吓唬读者。文学如此具有帝国主义的色彩，这是一个令人厌恶的时代特征。以前的文学是谦虚的、温良的。今天，它俨然以统治者自居，将人民看作自己的臣民。这是一种不健康的发展。"

临近傍晚，罗伯特想步行返回黑里绍。但他马上意识到，他像瀑布似的回到疗养院，可能引起令人不快的大惊小怪。所以我们转而奔向火车。直到在车厢里，我才得知他情绪极度低落的原因：从现在开始，我只能在星期日拜访他。在工作日，他要和其他病人一样劳动。我说："主任医师可是明确告诉过我，我可以随时带您出去散步，无论多少次，只要我们愿意！"罗伯特严肃而斩钉截铁地说："主任医师！我才不在乎。我不能只按照医生的指示行事，还必须考虑其他病人的感受。难道您不觉得，作为特权享有者，我会在他们面前扮演一个不光彩的角色？"

1948 年
4 月 4 日

　　我们走向德格斯海姆时，草地在几乎还没有融化的雪中，像宝石一样闪闪发光。我们聊到了眼下在苏黎世逗留的马克斯·布罗德。罗伯特想起 1919 年，他的头像曾和布罗德的头像并排出现在莱比锡的一份报纸上。我告诉他，卡夫卡在工人意外保险公司工作时的办公室主任曾将卡夫卡与瓦尔泽书中的幻想家相提并论，而卡夫卡则给这位爱好文学的上司推荐了《坦纳兄妹》。卡夫卡还经常带着极大的热情谈论《雅各布·冯·贡腾》，并向马克斯·布罗德朗读了瓦尔泽在柏林时期所写的散文作品，尤其是《山中回声》，其中有一句话令他欣赏不已："酒馆老板以保镖的警觉在整个店堂巡视着。他负责监

马克斯·布罗德   *MAX BROD*

督礼节和得体的行为。您为什么不去这个地方看看，我可以告诉您怎么走呐！"

  但罗伯特只是干巴巴地补充说，他的文字不值一提，在布拉格，有更令人激动的东西可以读，那里在十四世纪就拥有了一所著名的大学，而且长期以来是德国文化的重镇。只是因为纳粹政治不可思议的褊狭，它才失去原有的地位。罗伯特没有去过布拉格，但他记得，公元920年波希米亚女侯爵柳德米拉，因为遭到信奉异教的儿媳德拉戈米尔的诡计陷害，被捷克民族党成员勒死。顺便说一下，迷人的女杀人犯在世界历史中也不乏其人。他还让我注意捷克语小品文的开风气者扬·聂鲁达，很久以前他读过聂鲁达的布拉格故事集的平装本，觉得那些故事读起来就像读狄更斯一样惬意。

进入森林的岔路散发着潮湿的泥土味和春天的气息。我们穿过茂密的灌木丛，沿着越来越陡的斜坡向上攀爬，直到站在一块草地上，那里长满深蓝色的龙胆草和蜂黄色的报春花。罗伯特还想跟随一只吃力飞翔的喜鹊，向更高处攀爬。最终，荆棘丛阻挡了我们继续前进的道路。罗伯特同意我的说法："我们要比希特勒更理智，会趁着我们还能撤退的时候撤退！"

一刻钟后，我们来到一家叫"福克萨卡"的客栈。一对老夫妇给我们端来黄油、干酪和咖啡。一只黑黄相间的猫跳到长椅上，献殷勤地蹭我们的膝盖。一只猎狐梗也被吸引过来，坐在自己的后腿上，向我们讨要"第二次早点"。稍后，店主的两个亲戚走了进来，这是一对农民夫妇，长着阿彭策尔人典型的精明瘦削的脸。男人讲述了他的阑尾炎如何在用了一种自然疗法的软膏后突然消失。店主坐在我们旁边，跟我们谈起他猎獾的经历。要将几乎五十公斤重的动物从兽穴里拖出来，小狗们可是经常要冒生命危险的。农民的妻子补充说，有一次一个驼背爬进这样的洞穴中，差点没能把他拉出来。

终于，我们还是离开这像家一样的氛围，在森林里漫游了一个小时，然后在德格斯海姆的"繁星"餐厅吃午饭。罗伯特点了小牛肉粒、烤土豆饼和蛋白甜饼。在返回的路上，我们聊到了各自的军队经历。罗伯特说："我那时总是要去伯尔尼报到。我们经常被派到汝拉山脉，有一次还被派往圣莫里斯和梅索利纳山谷。我的战友们打鼾之际，我在谷仓里，借着油灯发出的微光，读《诗人的生活》的校样。那应该是 1918 年。"我说："您差一点就成为用法语写作的作家了！

在比尔，人们不是既说德语又说法语吗？"罗伯特："没错。在相邻的罗伊布林根和埃维拉尔，法语已经占据主导地位。但我从没想过要用双语写作。要写出像样的德语，已经够让我费神的了。是的，伯尔尼市立剧院有个女歌唱家，我曾把我的一本书送给她，后来她将书返还给我，上面写着：'在尝试写故事之前，先学好德语！'"

1949 年

1 月 23 日

　　天空就像塞冈蒂尼[*]画的一样。成群的滑雪者挤满了开往阿彭策尔的火车。雪在晨光中犹如镜子闪闪发光。罗伯特头戴一顶新的灰帽子出现在火车站。他提到明天就是恩斯特·察恩的八十二岁生日，并对察恩的专业素养表示钦佩，尽管觉得他的书过于迎合乡土趣味。不过，察恩在年轻时必定颇具父亲般的威严，才会被多疑的乌里人民选为镇议员，后来又当上了刑事法庭的

法官以及州议会的议长！然后他影射了昨天庆祝的奥古斯特·斯特林堡百岁诞辰。大约二十年前，他在伯尔尼的战壕剧院看过格特鲁德·艾佐尔特演的《朱莉小姐》。但这是一部多么令人讨厌的戏啊，安排一个男仆去勾引一个城堡里的小姐。"我真想杀了这个混蛋！"他说斯特林堡和这男仆一样，也是个女性杀手，虚荣且卑劣。他一直很厌恶他。看过《朱莉小姐》一天后，他又去看了韦德金德的《地神》。这是一个完全不同的作家——更人性且更高尚。女人们会通过肉欲报复斯特林堡。就像他想杀死女人，最终他会被女人们杀死。一个人在没有爱的情况下生活与创作，不可能不受到惩罚。

我告诉罗伯特，1947 年夏天我曾与格特鲁德·艾佐尔特见过一面："她在杜福尔大街的一家膳宿公寓接待了我。一位优雅的女士，头发已花白；那时她已经七十七岁了。她跟我讲，她那时给您在伯尔尼的房间留过一张字条，表示想见您。后来您去到一家餐厅邀请她散步，当时她和几个演员坐在一起。她说她永远不会忘记您如何带着瑞士人和高卢人特有的魅力，让她领略了那座城市隐藏着的美。您会像内行一样留意到生活的乐趣，以戏谑的方式容忍人们的坏习惯，这些都让她倾倒。您可能实践了一位诗人曾经给恋人们提供的秘诀：'保持谦虚，你就会赢！'"一阵沉默。然后罗伯特问我，艾佐尔特女士是如何在战争中幸存下来的。

"她告诉我，'一战'和'二战'都未能从根本上击垮她，她倒是在西里西亚被俄国人吓了一跳，可以说失去了所有财产。不过，她接着又说：'无论过去还是现在，我都是栖居于彼岸的天国与此岸的尘世之间。我从来没有特别依赖身外之物，尽管我可以获得许多贵重的东西，以及精美的艺术品。战后我在巴伐利亚，生活极度贫困，好多时候都不知道自己的下一顿在哪里。那时画家弗里德里希·考尔巴赫允许我使用他的藏书室。我就在那里阅读了普鲁塔克、希罗多德、马可·奥勒留、柏拉图、老子以及中国的其他圣贤，比起置身于富人中间，我感到自己要更自在，且变得更好。嚼着干面包皮的我，几乎像在吃某种神圣的东西。'"

罗伯特说："是的，苦难迫使人们回归到简朴之中，这是件好事。战争扫除了多少重负，而美的事物在我们体内又有了重新生长的空间！"

我说："我和格特鲁德·艾佐尔特也谈到了政治。我记得她说，她一直不明白为什么人们说政治是肮脏的。它只是被人弄脏了。从根本上讲，为了维护个人的自由，政治是绝对必要的。政治的主要目标之一，是使人们变得富有，以便拥有自己所需要的东西，不过也不能走得太远，以至于物占有人。所以，政治不应允许财富。因为财富会奴役人，这是最糟糕的。"

罗伯特说："还在柏林的时候，我就经常被艾佐尔特女士的演技所折服。"

我说："您知道她当初在马克斯·莱因哈特那里是怎样崭露头角的吗？她自己告诉我的。她去柏林的时候，莱因哈特让她出演斯特林堡的独幕剧《沉默者》。本来那个角色应该由一位很有魅力的同事饰演。但她是如此无可救药地愚钝，于是被格特鲁德·艾佐尔特替代。这个角色没有一句台词，但她的面部表情和手势给莱因哈特留下了深刻印象，所以不久后又让她出演豪普特曼的《翰奈尔升天》和奥斯卡·王尔德的《莎乐美》。那天在苏黎世，她跟我说：'我从一开始就属于先锋派。新的海岸、新的海洋——这是我所渴望的。这也是为何那些偏爱现代问题女性的导演会选我。韦德金德、梅特林克、斯特林堡、克洛岱尔。我是多么希望体验必将到来的新艺术，伟大而光辉的艺术——很有可能出现在亚洲！她说，我现在只适合扮演祖母的角色，但我的心一直保持着如此无耻的年轻！'"

罗伯特说："有的艺术家根本不会老。格特

鲁德·艾佐尔特就属于其中之一。"

我说:"身边的人一个个离世,可能会让她有些神伤:卡尔·施皮特勒、格哈特·豪普特曼、马克斯·莱因哈特。她当时在膳宿公寓的会客室说,'我无法赶上他们,如果他们已经在七重天,而我仍然在下面爬行'。但她不想离开尘世,在这里,一个人只要转向高尚和纯洁,就能幸福地生活。然后她问我:'您还记得雨果为伏尔泰百年诞辰所做的演讲吗?是不是很精彩?我经常朗诵它。还有比这更具男子气概和自由精神的吗?顺便说一句,我经常发现,男演员喜欢崇尚女权主义,而女演员们则崇尚阳刚之气。我自己也不例外。'"

罗伯特问:"自那以后,您还见过艾佐尔特女士吗?"

我说:"没有。她不像大多数外国人那样被瑞士所吸引。她向我坦言,这里对她来说并非天堂。瑞士人的身上并没有散发出幸福的气息,而这是最重要的事情。对她来说，仅有美食，远称不上天堂；我们的国家缺乏精神营养。她真正的家园是勇敢地战胜痛苦，由善意的团契统治的地方。这样一个家园同民族主义无关，无人能把它抢走。在战争期间，战后也是，她经常会去给母亲扫墓，在那里寻求安宁。她经常会痛哭流涕。但是看到爱继续在年轻的心中激发信仰，尘世不断重获生机，动物按照自己的自然本能勇敢地活着，她的心又亮堂起来。"

就这样，我们好几个小时都在聊这位女演员以及罗伯特在柏林看戏的经历。他的记性好得不行。他问我，是否在新年前夜看过莎士比亚的《皆大欢喜》。当我回答说"是的"之后，很显然，他连很多配角都记得很准确，尽管他并没有看过这出戏，只是在柏林时读过剧本……那是四十年前或更早的时候。

我们在圣加仑的火车站餐厅点了咖啡套餐。然后又喝了三大杯黄啤酒，这时我建议："我们要不要在城里多逛一下？"罗伯特感到很安适：
"何必呢？我们就坐在这里吧，马上要吃午饭
了！"伯尔尼烤土豆饼、荷包蛋和蛋白甜饼。然
后我们漫步穿过白雪覆盖的寂静的小巷。走到修
道院前，一个年轻的神职人员正朝外张望。罗
伯特说："他对着外面想家，我们对着里面想家。"
街对面的房子里，一个白发凌乱的老妇人正在斥
责几个男孩虐待一只小猫。她的怒火没完没了，
几乎让人觉得是个疯子。不过，罗伯特并没有受
到干扰。他瞅着庭院和花园，仿佛它们是被施
了魔法的岛屿。我们爬到弗罗伊登贝格的高处，
经过一片结冰的池塘，进入白雪皑皑的森林。"就
像一个童话故事。"他低语着，用手轻轻拍了拍
我的臂膀。

1949 年

4 月 15 日

　　这一天是耶稣受难节，天气像夏天一样炎热，我们步行到德格斯海姆，在那里吃了梭子鱼，以庆祝罗伯特的七十一岁生日。在一片散布着毛茛和龙胆的草地前，罗伯特说："在大自然面前，我们所有人都是笨蛋！"

　　自从俾斯麦遭解职后，德国的政治就变成了犯罪。德皇威廉二世利用一切机会来掐法国人。自那时起，德国就丧失了伟大。

　　罗伯特觉得当代作家太"妈宝"了。他们无法忍受失败："一受到冒犯就立即跑到'公众'妈妈那里，抱怨自己受到了卑劣对待。看看今天的作家们的脸！里面有真正的恶棍和杀人犯。或许好人就不应该从事艺术。如果艺术家想要

瓦尔泽在黑里绍，1949 年。
护士拍摄

创造出有趣的东西，他必须让魔鬼附体。天使不可能成为艺术家。"

"可是魔鬼的魔力从哪里开始，又在哪里结束？"我问。

"是的，这条线很难划。"他承认。

"这一点，我从我的一个战友那里有所体会，"我告诉他，"他留着灰色的短发，这使他看起来几乎像个囚犯。在大多数情况下，他有点疏远别的战友。当我们在晚间点名后消失在酒馆里，他却怅然若失地坐在他的干草床铺前，双手撑着他那颗圆脑袋若有所思。这个人的身上有着某种虔诚的固执。但长期以来，我把他看作一个相当善良和温顺的人，面对他的时候，我的同情多于恐惧。除了家庭、木匠活以及在山里面到处攀爬，没有什么能引起他的兴趣。作为一名士兵，他尽职尽责，在参加完攀登课程后，甚至获得了二等兵军衔。但是，就像约定好的，大家在自由时间里都自然而然地疏远他，因为本能地感觉到了他的天性背后的反社会因素。他在我们的部队既非受欢迎，也不是不受欢迎。他只是一个零。如果不是在一次执勤中有机会对他的灵魂之室有过一瞥，或许我也会和其他人一样，很少关心他……事情是这样的：在一次巡逻结束后，我带着几乎是抒情般的心情，返回昏暗中的营地。吹着焚风的无比美丽的夜色，在大地的上空颤动。一块块沉闷的巨石看起来像灰色的大象皮，萨尔甘要塞就建在这些岩石间。

在边界的另一边，列支敦士登的一座山上，坐落着一座在紫光中看起来像幽灵的城堡。在它下面的一百米处，有一座仿佛用玩具积木搭建的小教堂，几乎是用祈求的目光仰望着它。树林和麦黄色的田野、高挺的芦苇和短茬的草地，一对猛禽在草地上捕食老鼠——这一切营造出阿尔布雷希特·阿尔特多费画中的那种意境。我正忘我地沉浸在其中，这时，那个二等兵谈起了他的工作，将我拉了回来。他告诉我，像他这种在机械车间干活的人可能会遭遇各种危险。他描述了自己如何好多次差点断肢，并举出几十个例子来说明，机器不止会服务于人，还会谋害于人。他精确得不能再精确地向我展示了他的那些木匠同行发生不幸时的情形：在爆炸的瞬间，一根手指或一只手是怎样被扯进机器里；一根木板条是如何像弩箭一样突然射出去，呼啸着直冲站在五米外的刨工的胸膛；还有一位年迈的父亲来车间看儿子工作，因为不小心，头被锯掉。让我有点惊异甚至毛骨悚然的是，这个看似温和的二等兵是用最诙谐的方式向我讲述这些恐怖故事的。他会细细品味他能记住的每一个细节，在讲到不幸事件的高潮部分时，他总是会开心地笑起来，好像在讲一件戏剧性的轶事。死亡的临近似乎让他焕发活力。原本内敛的五官此刻因热情而变得生动，褐色的双眼开始闪闪发光，缺了拇指的右手近乎在优雅地摹画他所描述的那些人物。这次戏剧性的对话持续了大概一个小时。最后，我对叙述者说：'其实你最适合当一个刽子手！'他用一个既邪魅又悲哀的微笑承认了这一点。"

在我讲完这个极端的经历后，罗伯特将话题引到陀思妥耶夫斯基的《群魔》。他提醒我，作者在这部小说的创作笔记里让斯塔夫罗金侯爵预言："我相信，最后所有的人要么变成天使，要么变成魔鬼。"

1949 年

祈祷日

关于剧作家凯撒·冯·阿尔克斯*自杀的对话。这促使罗伯特深入谈论了作家与社会的关系。在他看来，作家必定为社会所困扰："作家失去与人类社会的紧张关系时，他们很快就会消亡。作家决不能允许社会纵容自己，否则会觉得有义务适应既定的环境。——即使在最贫困的时候，我也不会让自己被社会收买。我始终更喜欢个人自由。"

美丽的秋日引领我们穿过人迹稀少的托根堡，经过响着铃铛的牛群和结满果实的树木。

---

* 凯撒·冯·阿尔克斯（1895—1949），同代人中最重要的和最成功的瑞士剧作家。1949 年 7 月 14 日，妻子死于绝症，他也在当天自杀身亡。

中午时分，我们到达玛格德瑙女修道院。这是1244年圣加仑教堂的司库鲁道夫·吉尔和他的夫人送给西多会修女们的。罗伯特仔细打量着"施舍室"的入口。一个修女像只小老鼠一样飞奔而过，几乎还没看到，就已经消失。罗伯特提点我，百科全书派的狄德罗——他的代表作《拉摩的侄儿》描述了一个愤世嫉俗的懒汉，在席勒的建议下，歌德将之译成德文——写过一部名为《修女》的小说，这本既大胆又真诚的书刻画了一个美丽的修女的痛苦。她被强制送进修道院，在那里饱受女同性恋者提议的种种残酷的折磨和迫害。罗伯特给予这本书很高的评价，他读的是一个用色情插图装饰的版本。

修道院下方大约两公里处，在一个迷人的小山谷中，坐落着罗马式的布本塔尔教堂，里面仍然保留着原来的座椅，但绘画和雕像都是新的，与教堂的格调并不是很搭。旁边有个锯木厂。途中，罗伯特在一片覆盖着芦苇的沼泽地前驻足，就在那里，修道院保护人克里斯托夫·利伯，作为圣加仑修道院的支持者，在托根堡动乱期间，被以妨碍国家事务罪处死。我们在弗拉维尔吃了午饭，然后穿越森林返回。丰盛的食物使罗伯特变得有点迟钝，一路上他只是简单地提及了他的室友，一个逃亡的波兰犹太人。这个暴躁的癫痫患者，喜欢夸耀自己的成功。罗伯特小心翼翼地与他保持着距离，因为这个波兰人长着一张罪犯的脸。

1950 年
2 月 5 日

连日使人情绪低落的暴风雨天气之后，终于在周日迎来和煦的早春。上午我们在罗森贝格的别墅区散步，下午则是在"三棵椴树"和诺特凯尔泽克山——圣加仑始终在我们的下方，有时被雾气轻轻地包裹着。在糕点店，罗伯特给自己卷了一支不成形状的香烟。因为烟丝塞得不好，点火的时候燃起了一个小火苗。隔壁桌的一对夫妇开始咯咯地笑起来；他们显然以为罗伯特是一个不谙世事的乡巴佬。他跟我说，他现在正在为疗养院分拣邮件。但他对这个活很满意。他只是有什么就干什么。

关于美德与恶习的奇特对话。罗伯特认为："相比美德，人们更为自己的恶习自豪，尤其是在年轻的时候。我也曾如此，那时我在苏黎世，与形形色色放荡不羁的家伙来往，为了写诗而放弃饭碗。《弗里茨·科赫尔的作文集》就是那时写下的。"我告诉他，我在韦登斯维尔看了业余剧团演出的莎士比亚的《第十二夜》。"韦登斯维尔？我在那里有一段美好的回忆。您从《助理》就可以读出来，我在里面还描写了我在温特图尔的一家做松紧带的工厂当学徒的经历。不过那只持续了几周，因为我在韦登斯维尔任职之前，必须进行为期八周的步枪训练。

后来话题转到伯尔尼。罗伯特问我在那里都认识谁。我列出了两三个人的名字。我在伯尔尼的时间，几乎都是在军营中度过的。那么罗伯特在伯尔尼又是和谁来往？他把头转向我，轻声说："和我自己！"

1950 年

7 月 23 日

当我乘坐那趟熟悉的火车到达黑里绍时，罗伯特并没有出现在车站。这让我很是惊讶。他向来都是很守时的！我绕着火车站大楼找了半个小时，然后打电话给疗养院。一个看护说罗伯特出门已经有段时间了。他无法解释我们为什么还没有见面。又等了好一会儿。干脆往疗养院的方向走去。在一块铭牌上我读到，疗养院是 1906 年 4 月由地方议会决定建造的。刺绣品工厂主阿图尔·希斯捐赠了八十万瑞士法郎。在他的遗嘱中有这样一句话："将收入的大部分回馈给公众，主要用于人道主义和社会福利事业，是富有者的美好特权和崇高义务。"

我向门房通报了一声后，坐在花园荫凉的长

椅上抽烟。不久，主任医师的副手汉斯·施泰纳医生走了过来。他将我带到他的寓所。三个可爱的小孩光着脚跟着我们。后来他的夫人也过来了，她笑着告诉我，有一次我在报纸上将她描绘为一个温柔的防空女兵。施泰纳医生说，罗伯特是一个"容易管理"的病人，他会认真地完成自己的工作定额。然而他也很不合群。只要有人开始和他谈论艺术，他就会立即变得很执拗。

一听到门房通知说罗伯特刚刚回来了，我就去见他。从他没好气地和我打招呼的方式（握手时他离我有一米远，好像我是一头豪猪），就能看出他的沮丧。他无法理解为何我们会错过彼此。他说他八点整已经在黑里绍车站，但等了几分钟后，觉得别人告诉他的会面地点可能有误，就继续往戈绍的方向走。然后又从戈绍步履蹒跚地走回疗养院，心想一天就这么毁了。

我说："我和往常一样坐同一班火车来的。

但这趟车今天晚点了十五分钟。"罗伯特一脸惊愕:"这样说来,是我等的时间太短了?"我点了点头,建议我们可以去村子里逛逛,然后在那里吃午饭——这时已经十点半。但他对此毫无兴趣。他想走出黑里绍——去施维尔布伦。没问题。当我们沿着一条人迹罕至的蜿蜒小路穿过田野时,我们很快就找到了一个激起罗伯特兴致的话题:朝鲜。

他问:"您是说'唐·科雷亚'?"

"不是,我指的是朝鲜战争!"*

"'唐·科雷亚'不是更有趣一千倍吗?您知道,戈特弗里德·凯勒有一篇优美的短篇小说,讲的是葡萄牙的航海英雄,将伦理和自由近乎天然地结合在一起。"随后的半个小时,罗伯特表达了对美国干涉朝鲜的愤怒,情绪越来越激烈:"您看到他们那副结合了罪犯和刽子手的面

---

* 德语中的 Korea（朝鲜）与 Correa（科雷亚）音同。

孔吗？上面写满了愚蠢的自负、狂妄和贪婪。一个文明古国的人民争取自由的斗争，与美国人何干？当然，凭借超现代的战争机器，他们可以摧毁一切，并赢得胜利。但是之后，你将如何把'资本主义'这头猛兽赶回笼子里？这是另一个更长久的问题。无论如何，真正的文化并不在华盛顿。"

这时天气已热得不行，闷热得使人要昏倒。我们的步速太快，罗伯特似乎有点吃不消，突然不再吱声，我说什么他都没反应。他的脸变成了紫红色。他烦躁地用双手擦额头的汗水。我已脱掉西服上装挂在肩膀上，他却依然不愿解开马甲和外套的扣子。我忍不住问："我们要不要在树荫下休息片刻？"但他打断我的话，硬声硬气地说："别担心我！这是我的事。每个人都必须成为他自己的守护者。"

所以继续吧！上山下坡，穿越森林和草地，最终来到公路上。罗伯特放慢了脚步，有时会恼怒地停下来。我有点担心他中风。终于下起了雨，起初还不大，风扬起尘土。随后如注。我们让雨伞合着，站在巨大的淋浴中，任雨水拍打着我们的额头。最终，我们坐在施维尔布伦的一家餐厅，吃起了烤土豆饼、荷包蛋、啤酒和糕点。罗伯特向我投来和解的目光，并露出了微笑。但缓和的气氛只维持了一小会儿。他断然拒绝了我乘坐邮车的提议："我们留着两条腿干什么？"

那么走吧！大概一刻钟后又下起豪雨，比之前还大。尽管打着伞，我们很快就淋成了落汤鸡。这时我看到后面有辆邮车驶来，于是胆怯地再次提议。罗伯特虽然发了一通牢骚，但还是同意了。总算到达黑里绍火车站餐厅，罗伯特的心境开朗了很多。亨利希·曼的死让他感慨万千，他之前都没听说过。他还让我给他讲轰炸德累斯顿的事，这是我从格哈特·豪普特曼的遗孀和他们的儿子布鲁诺那里听来的。

在火车站，我们久久握手才道别。

1952 年

4 月 6 日

罗伯特脸色阴沉，且有点心烦意乱，因为我
建议我们继续坐火车去罗尔沙赫。他似乎怀疑我
的某种计划，可能会使他失衡。我们在吸烟车
厢几乎不说话。他笨手笨脚地卷着香烟，紧张
地吸了一口。后来我们开始朝着施塔德的方向
漫步。早春沙灰色的天空倒映在博登湖里，与
大地在湖边轻柔地交会。没有船，没有人。我
们顺着起伏的道路走向布亨村；小孩和大人们
去参加坚信礼了。乡村特有的棕榈主日的气氛！

这次罗伯特想略过布赫贝格。更寂静的森林
在召唤他。他像一只猎犬，在我前面的冷杉、山
毛榉和灌木丛间游荡着，没有穿外套，头和肩
向前探，垂着两只冻成青紫色的手。终于我们

到达维纳赫滕－托贝尔，罗尔沙赫与海登之间的齿轨铁路经过这里，并设有一个别致的小站。我们在村子里享用了浓郁的阿彭策尔干酪和咖啡。患有喉肿瘤的店主用公鸡打鸣般的声音和我们聊了天气、葡萄以及昂贵的木材价格等日常话题。动身前往海登，那里下起了雪。中午时分，我们踩着湿滑的坡道，又匆匆走回布亨。这时雪变成了越来越粗的雨点。经过施塔德以北一栋带花园的精美建筑时，罗伯特低语："真像艾兴多夫童话里的城堡呀！"

在罗尔沙赫吃的午餐，然后去了一家糕点店，几个未成年的家伙正在那里闹腾。由于我的疏忽，我们上错了车，火车不是去圣加仑，而是开往罗曼斯霍恩。我说，我们可以将之视为幸运的事故，因为这趟火车会沿着人迹罕至、芦苇丛生的湖岸驶过，而此刻正阳光普照，我们可以欣赏到由灰色、蓝色和黄色调成的真正的色彩奇观。但罗伯特的怀疑再次加深。他似乎在猜测"事故"背后别有意图。只有当我们从罗曼斯霍恩坐上开往圣加仑的火车，在草地和果树之间缓缓踏上归途时，他才放松下来。由于神经过度刺激而疲劳不堪，我在火车上睡了过去，到达圣加仑前几分钟才醒来。

在火车站餐厅，罗伯特开始聊起康拉德·费迪南德·迈耶："您知道我非常欣赏他的作品，尤其是《于尔格·耶纳奇》。但是当他的风格变得奇峭并固化成某种纪念碑式的东西，我就对他感到很陌生。语言必须保持流畅。"——罗伯特打量着一个发迹的冒牌艺术家的照片说："看看他那脑袋！没有哪个评论家能像他的脑袋那样，无情地揭露他是多么没脑子！"过了一会儿，我们又聊到了一位势利的作家，他花尽心思地和时下的名人合影，然后吹嘘自己在"上流"社会的交情，罗伯特评论说："没有什么比智性的傲慢更愚蠢的了。这个人必须不断地用他人照亮自己，因为他自己不发光。"

1952 年
圣诞节

　　"我们要去哪里？"在黑里绍火车站，罗伯特问道。雨下得不大，但一时半会儿停不下来。天空像是被一层细密的煤尘笼罩。罗伯特没有穿大衣，手里拿着雨伞。我们绕着火车站走了几圈后，他转身走入一条朝南的上坡路。走了大约一百米，他建议："我们还是走下面那条路吧！"我们沿着那条路走了一段。但他随即又掉过头来问我："您真的没有计划？"我回答："没有，完全没有。您去哪儿我就去哪儿！"终于，我们又回到了上面那条路上。他有点迟疑："或许走下面那条路要更好！"所以最后我们往恩格尔堡的方向走。

　　遇到一个路标指向黑里绍的另一座城堡。罗

216

伯特说，这个乡镇有两座城堡，其中一座离疗养院不远。两者皆被修缮过，他觉得这样做很轻率："这也是我们这个时代贫困的表现。为什么不能让过去就那样沉陷腐烂？废墟难道不比修补过的东西更漂亮？那些历史建筑师致力于发掘被遗忘的宝藏，并以虔敬之名使中世纪建筑恢复旧貌，但他们其实还不如把才智用于创造新事物，让我们都可以引以为豪。比尔就住着这样一位建筑师，他曾是捷克人，身材细瘦，个子不高，蓝黑色的头发。他重建了'一战'时被烧毁的埃拉赫的城南部分。"

雨势渐强。一位汽车司机停下来邀我们上车。我们婉言谢绝了。罗伯特说："我还是头一遭碰到有人提出要载我！不过与乘车相比，步行对人有更多好处。如果懒惰以现有的趋势蔓延下去，过不了多久，人类就不再需要双腿了。"

所有的村庄和小巷都寂静无声。只有猫在游荡。一个小孩抱着玩具娃娃，用方言自豪地告诉我："圣子耶稣基督送了我一个书包！"他正背着它。

在一个谷仓上张贴着一家戏剧社团的海报："安娜·科赫，杀害贡滕的凶手"。罗伯特告诉我，她出于妒忌将对手推入池塘淹死，并因此于1849年被处决。这个刚烈的女孩非常不想死，到了刑场都还在和刽子手搏斗。疗养院里的人们偶尔也会谈到她，但他个人是不会谴责她的，因为她可能只是一时冲动，而且并非出于卑鄙的情感。总的来说，他是死刑的坚定反对者；在死刑中，有一种让他憎恶的僭越。

后来，在圣加仑车站餐厅吃午饭的时候，他一边切开卤味，一边说："究竟谁才是杀人犯？——您能告诉我吗？"他定定地看着我。我说："不能，这个界线太模糊了！"停顿良久后，罗伯特说："一个成功的作家在某种意义上不也是杀人犯吗？"我们聊到陀思妥耶夫斯基的拉斯柯尔尼科夫，他在精神压力下杀死了那个开当铺的老太婆。我们都认为这部小说是世界文学史上最令人激动的犯罪小说之一。罗伯特说，老陀要是没有上过断头台，没有在西伯利亚的经历，可能就写不出这样的小说。"所以，痛苦终究有其用意，只是我们往往无法察知。"

关于为当代观众更新文学作品的话题，也引发了罗伯特的很多感想。我告诉他，苏黎世剧院最近在上映德国导演埃里希·恩格尔的电影，改编自莎士比亚的《暴风雨》，不过对原著很不尊重。对此，罗伯特回答道："莎士比亚和施莱格尔不需要我们假装喜欢他们。那些没时间看莎士比亚未删节版的人，就应该待在家里读维基·鲍姆。我以前读过让·保罗和耶雷米亚斯·戈特赫尔夫著作的精简版。那真是让人受不了。因为他们作品的美，恰恰在于长句中包含的曲折，闲笔中透露的广博与深刻。克莱斯特的《彭忒西勒亚》曾被雅各布·瓦尔泽以一个缩减的版本在柏林上演，但惨遭失败，我现在想起这个来都还很开心。"

对于疗养院的圣诞活动，罗伯特只是一带而过："那纯粹是为孩子们准备的。我们这些老头太老了，不适合参加。"他的自我孤立的倾向今天尤其明显。大清早的，他就已经像个流浪汉一样，放着好好的大路不走，把我带到林中小径，路面不仅湿滑软塌，还半结着冰。我委婉地表达了异议，说我从早晨六点半起床，到现在还没吃早餐，肚子饿坏了，又说我的脚又冷又湿，显然是因为我的军用野营鞋不够结实。但他似乎根本没有把我的话听进去。他随口告诉我，因为通货膨胀，他仅有的几千马克都蒸发了，其中部分是威廉·舍费尔发起的莱茵妇女荣誉奖的奖金，部分是他积攒下来的稿酬。自那以后，他只能生活在贫困中。好在那时妇女联盟曾邀请他去莱比锡签售几百本书。之后，他还去柏林看望了他生病的哥哥卡尔。

在火车站餐厅，我们点了圣诞套餐，配产自锡永*的多勒红葡萄酒。从餐厅出来时，太阳正悬空高照。我们爬上罗森贝格对面的小山，从冷杉与桤木之间，看白雪覆盖的森蒂斯山脉和弗格林泽格。我们享受着这冬春之交的时光，称赞森林、如沙丘般闪着微光的博登湖，以及徒步旅行的乐趣。罗伯特这时看起来比我累得多，他在陡峭的林地上经常滑倒，所以他建议我们从哈根坐火车回黑里绍。我们在车站又站了一会，我催促他回疗养院，那里或许还有第二顿丰盛的圣诞大餐在等着他。

他上了路，但犹豫不决。我久久地看着他那浑圆的后背，他的背影使他看起来像一个疲惫的中国脚夫。

在来往于戈绍与温特图尔的火车上，我的心脏几乎停止了跳动。我发现我把笔记本弄丢了，

---

* 锡永是瑞士瓦莱州的首府、葡萄酒产地中心。多勒是以黑比诺为主、佳美为辅的混酿葡萄酒，为瓦莱州的特产。

里面有好多刚开头的诗，甚至还有一些已经完成，其中一首诗，我在等待了数月后，才在今天早晨想到该怎么给它结尾。

1953 年

2 月

在上一次远足时，罗伯特说，对安娜·科赫的审判本可以成为克莱斯特或陀思妥耶夫斯基的一个好题材："但人们必须追求真相，而真相常常比作家的想象更加离奇。"

"我会去调查的，"我许诺，"并且在我们下次见面之前把结果寄给您。"

下面就是我的调查结果：

希滕贝格耸立在贡滕的上方，离阿彭策尔很近。1831 年 8 月 23 日，安娜·科赫出生在那里的一个贫穷的小农家庭。她有十一个兄弟姐妹，其中七人早夭。为了养活这个多口之家，她父亲还做刺绣活儿。安娜出落成一个金发女郎，相貌端庄且心气很高，很早就开始与男人们交往。她以分期付款的方式购买首饰装扮自己。据说她母亲助长了她的这种轻率性格，也不拿宗教义务提醒她。她父亲则是个沉默寡言的老实人，在女儿被斩首后不久死于中风。

1849年6月8日的圣体节，安娜在贡滕观看了传统的宗教游行。在赶回家吃午饭的路上，她遇见了泥瓦工约翰·巴普蒂斯特·马策瑙尔，后者住在这个教堂所在村，比她年长四岁。她立即激烈地指责他和自己儿时的朋友玛格达莱娜·费斯勒不三不四。玛格达莱娜同样出生在食指众多的农家，但与安娜不同，有着贤惠的名声。至于笨拙而内敛的马策瑙尔，在周围人眼中也是一个体面人，虽然外表并不显眼。他告诉安娜，他听说她在阿彭策尔与陌生人鬼混，所以没资格指责自己。他继而又试图安抚她，随后两人各走各的路。

同一天下午，在贡滕举行了例常的晚祷。因

为一场强雷雨正在酝酿中，去教堂的人比平时少了很多。安娜不在其中。在晚祷开始前不久，她在公墓遇见了同龄的玛格达莱娜，于是对她说，自己把十字架念珠弄丢了，想请她帮着一块儿找找。玛格达莱娜答应了，条件是不会因此耽误参加晚祷。在一同寻找的路上，安娜出于妒忌，将这个好心肠的女孩推进了名为"睡莲"的池塘。那是一个被森林包围着的小池塘，在雷雨天里不会有行人路过。安娜将玛格达莱娜的头久久按在水里，直到感觉不到一丝生命迹象。两天后，她在阿彭策尔变卖了死者的几件银饰，其中就有那条项链。

见玛格达莱娜当晚没回家，人们就在贡滕找了起来。然而在酒馆里唱歌跳舞的村民们并没太当回事，因为他们知道她继母是个悍妇。他们认为玛格达莱娜可能是因为什么事吵架，跑到亲戚家去了。直到四天后，才有一个农民报告说，看到玛格达莱娜仰面漂浮在池塘上。接着，她的尸体被放上担架抬到父母家，许多人聚集在那里，为死者的灵魂得救祈祷。在母亲的坚持下，安娜也去了费斯勒家，但拒绝将圣水洒在死者身上，而且在行跪拜礼时，昏了过去。这引起了一些人的注意。在回家的路上，母亲恳求女儿如果干了什么坏事，可千万别说出来，因为那可能会让她掉脑袋。

尽管安娜保持缄默，但7月14日，她仍不得不在阿彭策尔市政厅接受第一次讯问，被传唤的还有村民们称之为"比施"的巴普蒂斯特·马策瑙尔。直到11月26日，预审法官、州长和州议会议长举行了漫长的审讯程序，其间也仔细考虑过玛格达莱娜·费斯勒之死纯属意外的可能。在这总共二十九次的讯问过程中，安娜和比施经常对质，并反复受到训斥。一开始，漂亮的安娜·科赫受到了当局的优待，她被安排住在法警的家里，且允许白天接受探访，比施则被投进看守所，不得不睡在半腐烂的秸秆上。尽管他坚称自己的清白，说自己像十字架上的基督一样无辜，但没人相信他。在被监禁的二十三周里——其中七周是在狱中——他的屁股和背部一共挨了一百五十杖。此外，还对他动用了拇指刑，并且上了"博克斯夫塔"刑具，即把他的双手绑在一起并拉到膝盖以下，然后在膝盖与双臂之间塞进木桩。大概有五刻钟的时间，比施不得不保持着这样的姿势。起初，安娜还试图为她的男友开脱罪责，声称他在回家的路上捡到了死者的首饰，并作为定情信物送给她，答应秋天和她成婚。后来她干脆指控他谋杀了玛格达莱娜。因为编织了越来越多的谎言，她偶尔也会被阿彭策尔的守夜人或9月6日从阿尔特斯泰滕召来的刽子手杖打。在贡滕举办年集的前一天，安娜一度从市政厅逃了出来，四处乱走了很久，试图去一个朝圣教堂忏悔。也想过自杀，但终究未能鼓起勇气。第二天晚上，在偷偷回家看望了父母之后，她再次主动走进市政厅。

10 月 27 日举行了第二十次审讯，在声称自己怀上比施的孩子后，安娜才首次供认了部分罪行。11 月 17 日，在重申她所谓的未婚夫和她母亲都是同谋之后，安娜承认比施是完全清白的。尽管如此，直到 11 月 28 日他才被释放；此时的他已形容憔悴，虚弱得几乎不能站立。然而他大度地原谅了安娜的谎言。后来，当他为自己无端遭受的刑讯逼供进行索赔时，法庭以他在审讯期间表现顽固且愚钝为由，拒绝了他的要求。他只得到一份官方证明，表明他曾被错误地监禁过。自称为"可怜的傻瓜"的马策瑙尔试图借此从好心人那里获得施舍，他将安娜斩首后神父的布道词印成小册子售卖——虽然拖着步子一路走到圣加仑，但他卖出去的钱还不到一百瑞士法郎。1853 年，他和一个出身低微的姑娘结了婚，并将从前的羊圈改造成一间小屋住在里面。生活虽然困顿，但他们很知足。1870 年，在看到阿彭策尔招聘法警的公告后，比施申请了这个岗位，他写道："我是一个体弱多病的穷人，养着三个没上过学的小孩，由于在二十年前平白遭了很多罪，我几乎失去了劳动能力。所以看在上帝的分上，我请求你们同情和怜悯我。我可以保证，如果你们将这个职位交给我，我将用勤奋、服从和谨慎赢得自上而下最大的满意。我衷心地乞求你们的仁心与善意。"不过，这个职位却给了他的九个竞争对手中的一个。1902年5月初，比施去世，享年七十五岁。

1849年11月29日，州议会特别委员会做出斩首的裁决，并由一个嘉布遣会神父转达给安娜·科赫。她因受惊过度，昏倒在地。一天后，她接受了临终仪式。12月3日，死刑判决经大议会批准通过。为了听取这最终的判决，安娜被要求走下市政厅的石阶，来到大街上，那里挤满好奇的民众。内阿彭策尔地区书记官宣读了判决书,并宣布判决立即执行。当女凶手再次晕倒时,人们用新下的雪擦拭她的太阳穴。根据 J. E. 内夫文风拙劣的描述,在安娜再次醒来后,刽子手和他的助手想把她抬到押运死刑犯的雪橇上。但两个大男人被突然找回求生欲的安娜像玩偶一样抛到了一边。直到神父拿出耶稣受难像说:"看看这个人,他无辜地遭受了死亡——而你是有罪的!"安娜这才稍微平静下来,自愿同神父一起乘雪橇,穿过大雪覆盖的村庄,前往刑场。一路上都是人,他们从屋顶、窗户和街上无所忌惮地盯着这个不幸的人。群众几乎不会错过这样的场合。在神职人员安慰的话语间隙,安娜不时地发出令人毛骨悚然的尖叫,在对死亡的恐惧中,疯狂地摇晃散乱的头发。

一看到断头台,她再次发出可怕的呻吟,让人担心她已失去理智。人们不得不将昏迷的她抬上三级台阶,放到行刑处。当她再次睁开眼睛时,她亲吻了紧贴着脸的耶稣受难像,听任黑色的头罩罩住她的眼睛。但她的肩膀如此用力地向上耸，以至于刽子手无从下手。或许这个被判刑的女人知道这样一个不成文的习惯，即太阳落山后不能执行死刑。正当这样僵持着的时候，一个来自梅特伦的玻璃装配工喊道："你们没见过莱茵河谷的人们怎样称土豆吗？"于是有人从附近的棚子里找来一根屋顶板，将罪犯散开的头发绑在上面，然后由两个男人各抬起一端，直到安娜的脖子开始伸展，那把双刃剑才得以劈下去。

面对躺在断头台上的尸体，神父做了传统的布道，指出日益弃神和道德败坏的悲惨后果。布道结束后，刽子手的助手将头和躯干装进备好的棺木，抬上雪橇，送到死刑犯公墓，在只有几个人在场的情况下安葬。

很快，新雪就覆盖了坟头。

1953 年
4 月 12 日

　　离罗伯特的七十五生日还有三天。医生在电话里告诉我，《阿彭策尔报》刊登了一篇关于罗伯特的长文，其中提到我是他的监护人和唯一的朋友。所以，我是怀着复杂的心情，期待着今天的见面的，心想他会不会变得特别多疑。

　　但我多虑了。他仍像以往一样容光焕发地迎接我。当我提议到黑里绍的周边转转，他立即就同意了。上坡，下坡。园子里满是连翘、水仙花和报春花的金黄色。果树一派翠绿。而这一切都笼罩在勿忘草般泛蓝的天空下。

　　我告诉罗伯特，我在剧院里看了《海尔布隆的小凯蒂》，觉得很失望。罗伯特说："我能想象得到。我觉得这个角色太像一只忠实的小狗，总

卡尔·泽利希（1894—1962），作家、翻译家和艺术赞助人，自1944年起担任瓦尔泽的监护人

是在讨好冯·斯特拉尔伯爵。事实上，我更喜欢贵妇人库妮贡德。她会像男人那样又抓又咬。当然，傲慢之人如果变得粗俗，会让人几乎无法忍受。看来海因里希·冯·克莱斯特曾遭到这样的人的拒绝，所以他现在想通过库妮贡德这个泼辣的形象来复仇。他就是这么由着自己的性子来。顺便说一句，克莱斯特是一个奇妙的作家：当他想要成为抒情诗人的时候，他会变得很有戏剧感，而当他想要成为剧作家的时候，他会变得很抒情，就像在《海尔布隆的小凯蒂》中那样。我大概在四分之一世纪前读过这部剧，或许还要更早一些。但我依然能想起那句台词：'凶杀穿着袜子跟随而来。'是不是有这样一句，或类似的句子？我是多么经常在某个地方遇到克莱斯特啊！在图恩和万湖——他和亨丽埃特·富格尔自尽于此，我曾去过他们的墓地。然后也在柏林——第一次世界大战爆发后，德皇威廉二世站在宫殿的阳台上，引用过《洪堡王子》中的一段。

当然，是为了煽动他的臣民反对法国人。"

生日庆祝活动的第二个文学话题是丹麦人 J. P. 雅各布森。在黑里绍吃午饭之前，我们在一家小客栈喝着浑浊的黄色果子酒，罗伯特向我提起《费恩斯女士》这部七十年前出版的小说。故事讲的是一个富有的丹麦女人的高贵品格。这个四十多岁的寡妇和她的两个孩子生活在普罗旺斯。有一天，她年轻时代的情人出现在那里，他已卖掉他在南美潘帕斯草原的养羊场。他很快就重燃了爱火——二十年前由于一些特殊情况，他没能和她走到一起。现在费恩斯女士也认为自己有追求个人幸福的权利。没过几天，两人就成了婚。由于她的两个孩子含泪愤怒地表示母亲对父亲和他们不忠，这对夫妇搬到了西班牙。尽管因为与孩子们疏远而神伤，她在那里还是过了几年幸福的生活。之后，费恩斯女士患了绝症，她给孩子们写了一封诀别信，恳求他们在她死后体谅她，说从未有谁像这个会在最后握住她的手的男人那样爱她……罗伯特还回忆了这个悲伤的故事的许多细节。

下午，我们就斯大林的神秘之死聊了很久。"我总是很讨厌他周围飘散着的香火味，"罗伯特说，"被俯首听命的同志们包围着，他终于成了一个偶像，无法再像一个正常人那样生活。或许他身上有一些天才的痕迹，但国家更适合由凡庸之人来统治。天才几乎总是蕴藏着邪恶，人民必定要为此付出痛苦、鲜血和耻辱的代价。"

*

施泰纳医生告诉我，罗伯特七十五岁生日当天，脾气相当暴躁。如果有人向他提及这天报纸和广播对他的赞誉，他会回答说："这跟我有什么关系！"就像往常的工作日一样，他认真地把房间的地板清扫干净，下午则折叠纸袋。

生日这天下起了小雪。当施泰纳医生的夫人

告诉她的孩子们，罗伯特·瓦尔泽笔下的冬天、雪和寒冷多么美时，他们说，一定是因为瓦尔泽先生非常喜欢冬天，而且今天是他的生日，所以天才下起了雪。

1953 年

8 月 30 日

　　我第一次觉得罗伯特是一个正在与逐渐衰弱的体力做斗争的老人。炎炎烈日让今天的散步格外吃力。我们本来打算去博登湖游泳，但是在罗尔沙赫，罗伯特突然改变方向，走向散发着蘑菇和冷杉香气的森林。然后是田野。接着上山、下坡，涉过一条深溪。他经常在森林边缘停步，左手放在耳朵边，头向前探出，鼻子四处嗅闻，让我想起自己扮印第安人玩的童年时光。他有时会自言自语，或责骂莽撞的司机——在我们过马路的时候，他会惊恐地跳开；或为了躲狂吠的看门狗，兜很大的圈子。但今天最让我印象深刻的，是他沉重、迟缓的步态，以及落在我后头的频率。尤其是在热气腾腾的柏油路上，他嘴里叼着熄灭的香烟，穿着高水裤*，看起来像收工的农民。他不时将头顶上的灰毡帽粗直地推到一边，在正午的日光下，他的额头已通红。

这是个美好的日子，在湛蓝的天空下，金绿色的草地上散布着黄褐色的母牛，花园里百日菊、天竺葵和剑兰争妍斗艳；秋水仙也绽放出老处女似的紫罗兰色花瓣。苹果、李子和梨缀满枝头，数量多得喜人。一个硕果累累的秋天紧随多雨的夏天而来。

吃饭时我们有些不走运。给我们端上咖啡面包套餐的，是一个脸蛋火红的小姑娘，长得很漂亮，但她的心情很糟糕。一尊耶稣受难像悬在我们上方。从隔壁的厨房传来女人的斥责声和小孩的尖叫声，大概持续了几分钟之久，直到被那个漂亮女服务员的声音盖过。随后安静了些。只有平底锅和碟盘发出的响声，听起来

---

* 与七分裤类似，穿过脚踝深的水时不需要卷起裤腿。

好像争吵还在继续。然后我们听到厨房里传来一阵喃喃的念诵声。那是这一家人在做晨祷。

路上，罗伯特问我有没有写过剧本。我回答说："我曾和阿尔弗雷德·波尔加尔合作改编过内斯特罗伊的笑剧《分裂者》，在苏黎世剧院上演过二十几次，这是我仅有的一次涉足该领域。您呢，也试过吗？""是的，但并没有写出真正满意的东西。要想写出好剧本，人物的性格必须更弯曲。想想席勒！"他谈到了抒情诗人马克斯·道滕代，两人曾在维尔茨堡共度美好的一周。道滕代的父亲是俄国第一位肖像摄影师。罗伯特在慕尼黑还和弗兰克·韦德金特交谈过几次，他令人兴奋但又有点阴森森，仿佛身上充满着带魔力的陷阱。罗伯特说，自己不愿看到舞台上的他："诗人们经常想着自己去当演员，且过于看重这一点。演员的艺术在当下被高估了。然而重要的是，诗人说了什么以及他是怎么说的。完全围绕着马克斯·莱因哈特之流转，有些不体面，也有点自我陶醉。就我而言，我也可以拿三流导演和演员的戏剧来消遣。最精致的东西并不总是最受用的。"

我们聊了很久索福克勒斯的《俄狄浦斯王》以及荷尔德林对它的改写。这部作品令罗伯特着迷。他并没有对母子之间的性关系表现出明显的厌恶，而是认为从中也可以产生出某种美的东西，比如安提戈涅。但出于社会原因考虑，乱伦当然必须被禁止。这是为了保护下一代免受上一代的占有欲侵害。我告诉他，正统犹太人至今还保留着一些特殊的习惯。应他的要求，我向他讲述了某个周六晚上，我在苏黎世的奥塞希尔区拜访一个正统教派的会堂的经历。与我同行的是意第绪语诗人莱泽尔·艾亨兰德*，他当时作为流亡者生活在苏黎世。他是在波兰的卢布林附近长大的，继承了父亲的裁缝手艺。有一次，

---

* 莱泽尔·艾亨兰德（1911—1985），犹太诗人，出生于波兰。

父亲十足惊慌地回到家，因为他被反犹太主义者剪掉了胡须。连续几个礼拜他都不敢出家门，因为再没有比这更糟糕的耻辱。那个安息日的晚上，我和艾亨兰德到达会堂的时间有点迟，进到里面必须戴帽子。从黄昏开始的仪式性的祈祷与颂歌已接近尾声，但一些虔诚的信徒仍处于狂喜的恍惚中，他们高声吟唱赞美诗，剧烈地挥动双臂，目光炯炯有神。而另一些人则已经在愉快地谈论生意和家事。在会堂的入口处，两个脸色苍白的男孩友好地向我们伸出手说："Schalom（您好）！"和其他进来的人一样，我们从一个金属碗中捞出一块漂浮在醋水中的鲱鱼，然后走进一群男人当中，他们坐在一张木桌边聊天，就着啤酒吃面包。在隔壁的房间，妇人和姑娘们也在庆祝安息日。当最后一批礼拜者准备回家的时候，一个大约四十岁的瘦高个男人开始讲起他的悲惨故事。他用意第绪语说，他是一个来自基辅的裱糊匠，曾在以色列同英格兰人和阿拉伯人战斗，后来被一个犹太组织招募，协助匈牙利和捷克斯洛伐克的犹太人偷渡到以色列。他被抓到过两次，只是因为逃了出来，才避免遭受严厉的惩罚。他手里挥舞的身份证件上，确实盖有许多护照印章和外文注解。现在他想经由瑞士前往以色列的一处基布兹*。和裱糊匠对话的是一个矮个子拉比，一头白发，面色红润得仿佛一头小猪仔。面对这个陌生人戏剧性的手势和诸多哀叹，他狡黠地笑了笑，但并没有不友好。看得出来，他已经习惯了这种场景。他那明亮的眼睛与陌生人投向身边一小群人的绝望的目光，形成了鲜明的对比，这些人半是好奇，半是无聊地听着争论，同时不免怀疑整个事情会以乞讨收场。陌生人指责苏黎世的犹太人铁石心肠："没有人愿意帮忙——每个人都只能靠自己！"拉比提醒他明天又是新的一天，

---

* 基布兹是以色列的一种集体农庄，作为 20 世纪犹太人回归运动的产物，带有共产主义的特征。

他肯定会找到解决办法的，又说在苏黎世还没有犹太人饿死。他说这话的时候，提高了他那使人感到愉快的柔和的声音，因为意第绪语里有句俗谚，只有大声吠叫，才能让狂躁的狗安静。而事实也是如此：现在似乎每个人都说累了，转身走入街道的黑暗之中。

我们——我和诗人——也来到街上，去了一家犹太餐厅吃凉拌鲤鱼。那里不是让人特别舒适，没什么特点，也无法从人群中看到人脸。你可以闻到苏黎世迂腐的清洁味。我现在更喜欢稍微地道一点的东方犹太人。但我听说西欧犹太人经常毫无理由地对各种有趣的正统习俗嗤之以鼻。有人告诉我，在纪念以色列人逃出埃及的逾越节期间，一家之主会舒适地伸展四肢，半倾斜地躺在椅子上，以象征犹太人摆脱长期奴役后获得了自由。一家人会围在他身边，听他讲《出埃及记》。孩子们会好奇地向他提问，而他或许会编这么个玩笑：一个异教徒问犹太人为什么不将自己的双手用于劳动？回答是"因为他们的双手在埃及做过砖头，到现在还很疼！"有些虔敬派信徒还有一种非常奇特的、充满骑士风度的习俗，即在周五与周六之间的夜晚，也就是安息日期间，丈夫应该和妻子睡觉。他首先得把他的无檐小圆帽扔在妻子的床上。如果她没有扔回去，就代表愿意。在相反的情况下，他就要放弃同房。如果他无视这一古老的习俗，拉比可以根据女人的申请，宣布他们离婚。"古代的立法者不是傻瓜，"罗伯特说，"然而，今人往往太过理性地解释他们的意图。"

1953 年

12 月 27 日

　　在罗尔沙赫车站餐厅吃早点。一个半醉的男
人，嘴巴像磨坊的水轮一样，一刻没闲着。罗
伯特仿佛粘在座位上。我建议沿着浅灰色的湖
去阿尔邦，但他拒绝了。他更愿意走相反的方
向——最后再转一百八十度，前往圣加仑。结果，
一刻钟后，我们愉快地聊着天，爬上了那个可
以领略五国风光的地区。山谷在我们脚下是绿
色的。我们越往前走，新下的雪积得越深。尽
管寒风刺骨，罗伯特却没有穿外套和保暖内衣，
而我也只穿了轻薄的低帮鞋。渐渐地，博登湖
周边的地区变暗了。我们失去了方向，在森林
里徘徊了很久，而且连一个人影都没见到。终于，
我们来到了山脊上，喘着粗气地艰难前行。半

个小时后，我敲响一户农家的门问路。这一大家子正坐在客厅里，餐桌后面放着一棵温馨的圣诞树。年轻的农夫走到门口，说我们在埃格斯里特附近。时已近中午。我们沿着陡坡下行，往圣加仑走去。罗伯特变得矜默，显然是在与疲劳做斗争。在到达圣加仑的郊区时，我告诉他，《法兰克福报》的前老板海因里希·西蒙在纽约被一个同性恋者谋杀。罗伯特对这件事很感兴趣。他说西蒙曾买过他哥哥卡尔的一幅画，是根据他的一张照片创作而成的，画中的罗伯特若有所思地坐在森林边缘的一块巨石上，挨着一棵白桦树。他问我是否还能想起那张照片？曾在《读书会》杂志上登过。"是的，我记得；但是您哥哥奥斯卡的夫人弗里多利娜告诉我，据您姐姐莉萨说，那张照片已经被您毁掉了！""有可能。"罗伯特说，重新用沉默将自己包裹起来。

我们坐电车前往圣加仑火车站。到达车站餐厅时，我们的手已僵硬得几乎连汤匙都拿不动。

《弟弟的肖像》，卡尔·瓦尔泽，1900 年

然后我们慢悠悠地享受美食。因为罗伯特的心情变得相当愉快，我就壮着胆子问他，他的小说《特奥多尔》为何没有出版。1922 年 3 月，他曾在苏黎世朗读过这部小说。令我惊讶的是，他和蔼地回答说："我在完成手稿后，把它寄给了格雷特莱恩出版社，但他们不愿出版。后来它去了哪里，我就不知道了。"我回忆道："1923 年马克斯·吕希纳在他负责编辑出版的《知识与生活》杂志中，曾刊登这部小说的两部分节选，其中一段，特奥多尔以第一人称形式叙述自己如何作为求职者来到柏林的艺术沙龙。"但罗伯特挥挥手，用法语说："那都是过去的事了！"

1954 年

耶稣受难节

凌晨五点钟，我动身去火车站，外面正雪纷纷，仿佛另一个世界被撕碎成纸片，大小不一的，打着旋儿。一场不寻常的雪，带着威胁的意味。

在通往瑞士东部的铁路沿线，房屋、花园围栏和田野，都埋在冬天的北极熊皮毛之下。火车上只有几个人，大多拿着小包裹在打盹。我的感觉是，天几乎不敢亮了。尽管我在苏黎世已听到黎明的鸟叫声，但在这种末日的气氛下，它们的歌声在我听来仿佛是挽歌。

在火车站：罗伯特带着伞，但没有穿外套，而我穿了外套，但没有带伞。雪下大了。他爬上我所在的车厢，点燃一支方头雪茄，兴致勃勃地问道："最近如何？"大部分滑雪爱好者，到了乌尔奈施，便带着滑雪板下车了。于是在去往阿彭策尔的路上，我们几乎是仅有的乘客。我们穿过寂静的村庄，立即启程去盖斯。一群寒鸦在城堡的周围尖叫着，数量不下二十只。在穿过西特尔河上的桥后不久，一支送葬队伍朝我们迎面走来。灵车由一匹盖着黑布、看起来有点疲劳的马拉着，上面放着三个花圈。然后是长长的两列送葬者，撑开的伞形成了某种隧道，一张张布满皱纹的脸从里面好奇地看我们，嘴里不忘低声念着连祷文。大部分是劳苦一生的老妪的脸。很多人面颊鲜红。后来我向一个女店主打听是谁过世了。她回答说："一个非常老的，老到痴呆的女人！"

这时，雪已经变成冰雹。小块的冰往我们脸上猛掷，但我们还是继续往盖斯方向前进。连祷声已在我们的耳边消失，但我们却听到了饥饿的猪在尖叫。罗伯特突然停下来说："这天气太可怕了——我们还是掉头吧！"说做就做。我们

251

从原路返回，惊讶地发现，那个送葬队伍尚未走到桥前，仿佛在等着我们。我们又听到了低低的连祷声，这让罗伯特很不安。他不喜欢想到死亡。他拽着我的袖子，好像正被哀歌追捕，说："我们还是去盖斯吧！"我们再次向前推进了大约一百米。但这时，冰粒更加猛烈地砸向我们的脸颊。路面有些地方已烂成褐色的酱。一辆汽车驶过，把泥泞溅到了我们身上。应罗伯特的要求，我们再次后撤，但这次我们在一家舒适的客栈吃了一顿丰盛的早餐。我建议在那座收藏有文物的城堡周围稍微逛一逛，但罗伯特粗暴地拒绝了："不，不，我们必须坚决以盖斯为最后目标，我和我姐姐莉萨曾在那里度过了一段快乐的时光。"那里也飘起了雪花。但罗伯特被村庄的广场迷住了。他虔诚地停下脚步，充分地感受着家一般的气氛，让我留意教堂、三角墙曲线，以及每一栋房子的气派和个性。"多么梦幻啊！"他低语道。我急忙给他拍照，只是为了再留下

雪中散步的瓦尔泽，1954 年。作者拍摄

他的一张肖像，以便日后回忆。

在"王冠"餐厅，我们分吃了一条相当干的梭子鱼，佐以博若莱葡萄酒；接着我们要了蛋白甜饼。长相雅致的女服务员冷冷地和我们保持着距离，显然是想把自己保留给开车的优质客人。喝着黑咖啡，罗伯特让我注意拜伦与拉斐尔之间惊人的相似。两人都成熟得早，也死得早。*他细数了拜伦的所有作品，并向我描述了其充满冒险的一生，这种生活以狂热的方式在迈索隆吉翁的沼泽中结束，在那里，希腊的反抗者们敬他如王侯。在听到这个"无与伦比的天才"逝世的消息时，歌德痛苦不已。

我接过罗伯特的话，问他是否见过卡尔·施皮特勒本人。因为在怀念那位热爱希腊的《西庸的囚徒》和《曼弗雷德》的作者时，人们或许也会向《奥林匹斯的春天》的作者致敬……但

---

* 拉斐尔死于 37 岁，拜伦死于 36 岁。

罗伯特的反应却相当冷淡："没有，我从未和他说过话。但我的出版商卡西尔曾把我的一部小说寄给他，结果他回了一封信，在信中以极为不屑的语气评论我的作品。"就个人来说，他曾短暂地喜欢过《康拉德中尉》。施皮特勒的这篇中篇小说成了他讲述自己军旅生活的契机。罗伯特告诉我，在去柏林之前，他在伯尔尼接受过新兵训练，经常被派去执行边境或演习任务，从未在前线部队服过役。在柏林待了七年回到瑞士后，他立即被转入战时后备军。

1954 年

9 月 30 日

在我们悠闲地穿过草地和森林前往圣加仑的
路上，我向罗伯特讲述了我的威尼斯之行，以
及我与马克斯·皮卡德绕道游览托尔切洛潟湖
岛的情况——岛上的大教堂里有一座罗马式的长
方形廊柱大厅，以及许多中世纪早期的镶嵌画。
联想像蝴蝶一样，从各个方向涌向罗伯特：莎士
比亚的《威尼斯商人》、卡洛·哥尔多尼、卡萨
诺瓦、司汤达、理查德·瓦格纳……关于名人
之子的悲惨命运，我们讨论了很久，罗伯特认为，
最好把他们送到寄宿学校："在那里，他们可以
远离父亲的追随者，不被声名之欲熏染，从而
发展成自己。——就我而言，即使我父亲再有名
望，也休想影响到我。安静而谦逊地走自己的路，

是一个人能够指望的最可靠的幸福。"他让我注意到，苏联驻柏林的外交官是某位姓普希金的先生，他看起来肥胖又残忍，就像是对诗人普希金——连布尔什维克领袖列宁都不得不对他表尊重——的讽刺漫画。

我跟罗伯特开玩笑说，他现在对我也要稍微尊重一点，因为苏黎世市议会已将我选入文学委员会。"啊哈，难怪您今天看起来这么像市议员和罗伯特·费西*！您在里面可是青云直上啊！"他笑得前仰后合，把我也感染了。

我们爬过通电的围篱，来到一个深谷中。罗伯特感叹道："总算出了地狱！怎么会一直这样迷路！"在往上爬的时候，他经常充满疑虑地摇头。我察觉到罗伯特瘦了很多，这让我有点担忧。但他激动地摆手："请您打住！我们不聊

---

* 罗伯特·费西（1883—1972），瑞士作家、文学评论家。1907 年获得博士学位后，先是在苏黎世担任中学老师，1911 年进入苏黎世大学，1922 年被任命为瑞士和德国现代文学史"特别教授"，在更多的荣誉和晋升之后，于 1953 年荣休。

我的健康问题。"我们终于站在了"孤独"山的山顶上，从这个八百七十二米高的观景点，可以鸟瞰圣加仑。我满怀热切地看着下面不远处的客栈，罗伯特却没有任何停下来的意思。我们继续往圣加仑的方向走去。他说，1895 年和1896 年间，他在斯图加特为德国出版社和柯塔公司工作，经常去游览洛可可风格的避暑行宫"孤独"宫，因席勒而闻名的卡尔军事学校就在那里面[*]。罗伯特也曾作为自由作家在慕尼黑待过几周，并和阿尔弗雷德·库宾[**]一起参加过啤酒节。库宾是善于交际的弗朗茨·布莱[***]介绍给他的。

---

[*] 1773 年，席勒被卡尔大公强制选入其所创办的军事学校。1775 年，该校扩大为军事学院，从孤独宫迁到斯图加特市内。1780 年，席勒才毕业，被分配到斯图加特步兵团任军医。

[**] 阿尔弗雷德·库宾（1877—1959），奥地利版画家、插画家，表现主义的重要代表。1896 年试图在母亲坟前自杀，1899 年进入慕尼黑美术学院学习。

[***] 弗朗茨·布莱（1871—1942），翻译家、编辑。生于维也纳，纳粹占领欧洲后逃亡到纽约。卡夫卡首次发表作品便是在他创办的杂志《许佩里翁》上。因为政治经济和文学研究的关系，他去到苏黎世，并在苏黎世文学界结下很好的人缘。在注意到魏德曼发表的瓦尔泽的诗作后，他预言瓦尔泽将"取得非凡的成就"，并把其作品推荐到维也纳和慕尼黑。

1954 年

圣诞节

对于生活在家庭圈子之外的人来说，被排斥和孤立的感觉最强烈的时候，莫过于圣诞节。在早晨的散步中，我们正谈到组建家庭的伦理价值，罗伯特轻轻推了我一下，指着从我们身旁路过的两个女人说："您有没有注意到，她们看我们的眼神有多轻蔑，就好像我们是流氓？""或者是苦思冥想的虔信者。"我接着他的话说。罗伯特笑道："是啊，对女人们来说，我们只是残次品。无论是否愿意，我们必须忍受这一点。"

我们从黑里绍出发，向一座山顶上的城堡遗迹走去。仿佛接到命令一样，我一下火车，天就开始下雪。我的右脚因为肌腱拉伤而有些疼痛，但我不想破坏罗伯特对圣诞散步的享受。在寂静的雪地上，一只漂亮的苏格兰柯利牧羊犬飞奔到我们跟前并高高跃起，就好像它早已在等我们。罗伯特试图推开它："走开，你这蠢货！"但那条狗的亲密行动并没有停止。它向前追嗅着什么，然后又回到我们身边。几分钟后罗伯特也习惯了它。他今天穿了一件新的灰色大衣和一双新鞋，当我说这身穿着让他显得很气派时，他只是沉默不语。之后，我们聊了很久的海因里希·冯·克莱斯特。我告诉他，托马斯·曼在一次讲座中认为，克莱斯特的悲剧《罗贝尔·吉斯卡尔》之所以未能完成，是因为它的第一幕太出色，以至于作者无法超越它。罗伯特不以为然。他认为《罗贝尔·吉斯卡尔》并非一部佳作。克莱斯特从一开始就过快地消耗自己，也就早早地露出了颓势。他还说，歌德不认可这颗急躁的彗星是完全正确的。和谐的世界有合法的权利拒绝不和谐的东西。

罗伯特问起我的圣诞节经历，我告诉他，有一次我和一个英国传教士划船到南太平洋的马勒库拉岛，据说岛上的居民是真正的食人族。当我们上岸的时候，从灌木丛中冒出几个长相野性的武装人员，宽大的鼻子上插着竹片，除了腰部有一些树叶遮住，其他地方都是光着的。他们的表情相当严峻，一点也没有圣诞节的气氛。这时传教士突然产生了一个有趣的念头，他将自己的假牙取了下来。这个举动使迷信的岛民惊异不已，他们目瞪口呆地盯着我的同伴，马上表示他们没有任何恶意。无论如何，他们放弃了将我们做成节日烤肉的想法。"一般而言，所谓的坏人往往没有所谓的好人那么坏。几天前，"我继续对罗伯特说，"我参加了苏黎世雷根斯多夫监狱的圣诞庆祝活动。在和监狱长以及几个官方客人共进晚餐时，我听到了这样一个故事：1914年，时任监狱长在主日礼拜结束后告诉犯人们，监狱准备组建一个合唱团。任何有兴趣

261

参加的，都可以到指挥恩斯特·霍内格尔那里报名。接下来，霍内格尔测试了每个人的嗓音与听力，并选出十名资质最佳者推荐给监狱长。监狱长露出惊诧的表情，将霍内格尔拉到一边说："真是怪了！您偏要选十个杀人犯来组建一个合唱团？"罗伯特评论道："这几乎不是巧合。大部分谋杀都是冲动犯罪。而大部分艺术家不都是有冲动的本性吗？而歌手不也是艺术家吗？"我继续说："那个合唱团指挥后来向我坦言，他经常为失去最有天赋的歌手而感到遗憾，随着他们的刑期已满。他曾有一个声音浑厚的男低音，水平够得上加入顿河哥萨克合唱团。另一个因为谋杀母亲而入狱的囚犯，是合唱团里最好的抒情男高音，出狱后在罗马做起了音乐家。"罗伯特说："你可以用这个题材写一篇中篇小说，甚至是一部歌剧，讲一个监狱合唱团指挥如何迷恋上了一个声音，以至于引诱这个声音的拥有者犯罪，以便将他招入自己的合唱团当歌手。

顺便说一句，这样的才能往往会世代相传。我并非家里唯一写诗的人。我的哥哥恩斯特和赫尔曼也感染了对诗歌的热情；还有我的嫂子弗里多利娜。所以您看：浪漫主义会像流行病一样传播。在施莱格尔兄弟、蒂克和诺瓦利斯生活的时代，奇妙的常年开花植物从中生长出来，在这方面，女人与男人贡献一样多。"

1955 年

耶稣受难节

我在 3 月曾听到一些关于罗伯特的令人担忧的消息。因为患上类似流感的肺炎，他不得不被送入医院。又是高烧，又是血痰；用了青霉素后，烧已迅速退去，但之后有轻微的反弹。医生建议我们只在疗养院周围散步。

因此，看到罗伯特穿着黑色大衣站在火车站，我是多么惊讶啊！不过，他还是笑着同意采取比平时更悠闲的步伐。我们缓缓地朝森林和我们上次参观过的遗迹爬去。罗伯特尤其喜欢这段路。向上走的时候，他的呼吸有点急促；但与他的习惯相反，三个小时的步行中，他抽了两支烟。当我说起自己最近被邀请去华沙、莫斯科、伊尔库茨克和北京的事情时，我们发现陀思妥耶夫斯基的《死屋手记》是我们共同的喜好。罗伯特动情地回忆了这样一段情节:一天,一群原本粗野的囚犯出于怜悯,将一只与他们一起生活了三个月的、翅膀受伤的草原鹰从围墙上扔了下去,眼馋地看着它在秋天的草原上蹦跳……

随后罗伯特告诉我,他最近正在津津有味地读儒勒·凡尔纳的《格兰特船长的儿女》,以及弗里德里希·格尔斯泰卡尔的四卷本军官小说《在角窗》,这位汉堡作家曾当过水手、开过旅馆。我向他提起克里斯托弗·米德尔顿,这位年轻的英语诗人在伦敦的大学当文学讲师,以令人钦佩的敏感,翻译了他的《散步》和《图恩的克莱斯特》,但罗伯特听后只是简单地回答:"好吧,好吧!"

在回去之前,我找施泰纳医生聊了聊。他本来劝说罗伯特不要远离疗养院,但罗伯特坚持要去火车站接我。须知他的心脏状态堪忧,过度劳累会有心脏病发作的危险。我问医生，罗伯特在身体不适的时候，相比其他工作人员和病人，是否更信任护士？医生回答说：并没有，大部分时间他都面壁而卧，甚至不愿意拿果汁解渴。他觉得水就足够了。

1955 年
7 月 17 日

　　瑞士联邦体操节在苏黎世举行。整座城市仿佛处于一种微醺中。年轻的小伙子光着脚哼唱着小曲，在火车站前大街溜达，故意撞到女人，与她们开粗俗的玩笑。似乎只有酒精才能释放瑞士人的天赋，让他们扮演丑角，孩子气地开起化装舞会。令人沮丧的是，散发着年集俗气的无聊玩意儿竟让他们如此快乐：蒂罗尔小帽、长毛绒玩具娃娃、微型带把啤酒杯；虽说鉴赏力的缺失已成为国际流行病，但这并没有让我感到宽慰。

　　被雨水滋润的郁郁葱葱的风景之上，是蓝白色的天空；在苏黎世和维尔之间，不时降下几片雾纱。火车上的座位一半是空的。在戈绍，罗伯特有点固执地问我去哪里。我回答说："去圣玛格丽滕！"他变得沉默寡言，一路上都在纠结于我可能有什么安排。最后他问："我们要在那里吃早餐吗？"是的，当然，我说我也饿了。在车站餐厅吃早饭时，我们的谈话依然相当艰难。饭后，我们穿过相当陡峭的森林，朝瓦尔岑豪森的方向攀登而去。

一条散发着浪漫气息的小溪让我们停下脚步，谈论起托尔斯泰的《复活》。我们一致认为，托翁这部蕴藏丰富的晚年作品是人类的圣书之一，它是作家在上世纪末，出于青年时代所犯罪恶的压力而写的——作为年轻军官的他，曾引诱一个姑母家的女仆，使其坠入风尘。我让罗伯特回忆那精彩的一幕：贵族少爷涅赫柳多夫在给等着运到西伯利亚的马斯洛娃带去法院拒绝赦免她的消息时，内心是非常激动的。*但是当

---

* "再者，说来奇怪，他现在也不希望成功。他已经为西伯利亚之行，为他在流放犯和苦役犯当中生活做好了思想准备，如果马斯洛娃无罪释放，他倒难以想象他应该怎样安排他的生活和她的生活了。"（据汝龙译本）

监狱医院的看门人告诉他，马斯洛娃因为和一个医士吊膀子已从医院送回监牢，他的心就凉了半截。他冷冰冰地向她打招呼，而她脸涨得通红，因为她猜到他情绪恶劣的原因（这个贵族少爷后来才知道，她对医士的强奸企图进行了激烈的抵抗，因此在这件事上完全是无辜的）。深刻的心理描写贯穿着整部小说，而贵族少爷与自己心魔的斗争只是其中之一。罗伯特还记得书里面有一个喝了酒的工人，在去往西伯利亚的火车上，面对涅赫柳多夫和三等车厢其他乘客投过来的异样的目光，说："我们干活的时候，谁也没看见，如今我们一喝酒，大家可就都瞧见了。"

或许是为了刺激我，罗伯特对妓女——马斯洛娃就是妓女——表现出轻蔑的态度，他赞成英国人的严厉，他们最近绞死了一个枪杀了不忠情人的酒吧女郎。他说，必须严格要求女性具有保守的家庭观。我说，托尔斯泰可没他这样严厉。因为正是这个曾经的窑姐马斯洛娃为了真正的人类之爱做出了最感人的牺牲，她嫁给了自己并不喜欢的弗拉基米尔·伊万诺维奇，从而让涅赫柳多夫重获自由。我们就这样来回争论着，还讨论了托尔斯泰引用的梭罗的那句话：在一个仍然允许奴隶制存在的国家里，正直公民唯一适当的去处就是监狱。

然而，三伏天的炎热渐渐开始影响到罗伯特，他走得越来越慢，并彻底陷入沉默。之后，罗伯特突然停了下来，差一点摔倒。他抱怨两条腿抽筋得厉害，但不愿坐下或躺下，而是暴怒地向四周挥舞双臂，仿佛是要击退一个看不见的敌人。他试着做了几个下蹲动作，然后分别向左右笨拙地走了几步。他不允许我帮他。临近沃尔夫哈尔登的时候，由于腿抽筋得更加厉害，罗伯特建议去往最近的火车站或汽车站。有个上了岁数的女人从一个织布间探出头来，我便向她打听最近的火车站或者汽车站在哪里，并暗示我的同伴走不动了。一听那女人指的是一条通向莱茵埃克的行人便道，罗伯特暗地里咒骂了一句。不过，当我们缓缓地往下走时，他又调和地说道："有时确实应该对人友善些呀！"

我们在莱茵埃克的"奥克森"餐厅吃了午饭。啤酒使我们犯困。直到火车进站我们都在打盹，在车厢里也是睡意朦胧。他的情况比我意识到的要更严重吗？我满心都是担忧。离别时，他说的最后一句话是："您看到了博登湖那天堂般的色彩吗？"

1955 年
圣诞节

　　阴雨绵绵的早晨，临近中午时，更像夜晚，而非白天。车上的旅行者少得可怜，因为已有春意的草地和森林并不鼓励冬季运动。在去圣加仑的路上，我们对克莱斯特进行了细致的探讨，几天前我在剧院看过他的《破瓮记》。我向罗伯特描述了与乔克、维兰德在伯尔尼打的赌，如何促使克莱斯特写出这部喜剧，而歌德对这部作品是持消极评价的，并在魏玛首演失败，招致观众不断发出嘘声和辱骂声。罗伯特回想起他在斯图加特当书商学徒时曾看过《洪堡的腓特烈王子》。前不久他读了阿达尔贝特·施蒂弗特的《维提科》，觉得这本书"无聊得要命"。

他说施蒂弗特的创造力那时候已经大不如前。*

关于现在流行的给新人滥发文学奖的做法，他鄙夷地说："如果这么早就宠坏他们，他们将永远是学童。要成为一个人，需要经历痛苦、不被赏识和挣扎。国家不应成为诗人的助产士。"

新晋诺贝尔文学奖得主哈尔多尔·拉克斯内斯的举止让罗伯特感到无比好笑。他从未读过这位冰岛作家的任何东西，但在一本杂志上看到过他的一张照片，觉得非常独特。即使现在，拉克斯内斯在斯德哥尔摩的颁奖庆典舞会上抢着瑞典公主跳舞的那种劲儿，让罗伯特想起都会发笑。在一条林间小路上，他惟妙惟肖地给我演示拉克斯内斯如何穿着燕尾服，像个农村小伙一样，让公主转来转去，仿佛在得意地宣布：

---

* 《维提科》是一部以12世纪为背景的三卷本历史小说，受到许多评论家的抨击，却得到黑塞和托马斯·曼的赞扬，并带给狱中的朋霍费尔极大安慰。该作品完成于1865—1867年间，而自1863年起，施蒂弗特的身心健康开始下降，1867年更因肝硬化而病重。1868年，他用剃刀割颈自杀。

"现在，继东方之后，西方也在我的怀中！"因为不久前，他还获得了苏联人颁发的一个奖项。[*]面对这样的锋芒毕露，来自德国和瑞士的那一小群诺贝尔奖得主萎缩成了壁花。

我们的散步记录到此为止。早些时候的几页遗失了，最后几次散步我没有记录。我是否本能地感觉到终点即将来临？我是否想让那些痕迹无声地消失？我不知道。事后纠结于记录了什么或遗漏了什么，毫无意义。正如对罗伯特·瓦尔泽的形象进行修饰，使之与现实不符，毫无意义。如实地传达他的独特性格和观点，必须是我的最高原则，只有遵循这个原则，才有理由出版这些私密的描述性文字，以及即将到来的纪实性传记。

---

[*]　1927—1929 年旅居加拿大和美国期间，拉克斯内斯开始倾向支持共产主义。1937—1938 年，前往苏联旅行，随后发表赞扬性的日记。1952 年，获得国际斯大林和平奖。

如果说本书似乎过多地谈到吃和喝，如果某些主题偶尔以矛盾的变体重复出现，或者某些段落会使个别读者感到震惊，那么可以说，我冒这些风险是为了服务于真实，而像罗伯特·瓦尔泽这样的独特人格是能够承受得住的，尽管这可能给他蒙上些许阴影。让我隐隐感到安慰的是，我们的散步给他数十年之久的单调的疗养院生活，带去了些许调剂；我再也不会遇到比他更热情的散步同伴了。

1956 年 12 月 25 日黄昏时分，我从昏暗的住所向外望去，第一棵圣诞树已开始闪烁着烛光。我那生了病的达尔马提亚狗"阿亚克斯"躺在我旁边，这个晚上，我不想把它独自留在家里。因为它的糟糕状况，我将与罗伯特·瓦尔泽约好的下一次散步，从圣诞节推到了元旦。突然，电话响了起来。主治医生告诉我，下午早些时候，罗伯特被发现倒在一片雪地里——1954 年的圣诞节和 1955 的耶稣受难节，我们曾在那里度过难忘的时光。

　　这个夜晚，我不想再看到圣诞树。它们发出的光刺痛着我。

※

最后一次散步

1956 年
圣诞节

12 月 25 日，平静的上午过后，午饭时间紧随而来。因为庆祝节日，菜肴比平时更加丰盛。罗伯特和其他病友一起吃得津津有味；叉子、勺子和餐刀发出的声音，在他听来宛如明快的音乐。不过这时，他有一种出去走走的冲动。于是他穿上保暖的衣服，步入雪地上的晶莹光芒之中。从疗养院出来后，他穿过一条昏暗的地下通道，来到火车站。他经常在那里等他那位朋友。很快，他们将再次一同去散步，就在元旦，无论天气是好是坏。而现在，罗森贝格吸引着他，那里立着一处遗迹。他已去过那里多次，有时自己一个人去，有时由那位朋友陪着。从山脊上，可以眺望阿尔卑斯山脉的胜景。中午的时光是如此宁静：目光所及之处皆是雪，雪白的雪。他不是写过一首诗？最后一句是："雪花飘落，犹如玫瑰凋零，软绵绵地闪着光"。这几行诗写得并不是特别好。但有一件事说得没错，一个人也应该这样凋谢：像玫瑰一样。

这个孤独的漫步者深吸了一口冬日清冽的空气。它是如此有质感，几乎可以吃。黑里绍现在来到他的下方，可以看到工厂、房屋、教堂、火车站。他在山毛榉和冷杉之间，朝着朔赫恩贝格的方向往上走。考虑到他的年纪，或许他走得有点快了。但他不顾异常的脉搏，继续向前、向上。从罗森瓦尔德来到罗森贝格的西端瓦赫特内格；他想从那里，翻过一个小山坳，到对面的山上去。强烈的烟瘾侵袭着他，但他没有屈服。他想将这快乐留到他站在遗迹上的时候。——通往山坳的下坡相当陡峭。因此，他得把足尖朝里，也没有树篱可扶，小心翼翼地一步一步朝海拔约八百六十米的鞍部移动，他想在那里休息几分钟。只需再走几米，地面又会变得平整。现在应该有一点半。太阳微弱地照耀着，像个有点贫血的少女。没有凌人的光芒，倒不如说带着温柔的忧伤和踌躇，仿佛它今天要将迷人的风景早早地让渡给黑夜。

这时，这个漫步者的心房突然开始颤抖。他感到头晕目眩。可能是老年动脉硬化的症状，医生曾给他说过，并警告他走路要慢点。转瞬之间，他又想起以前散步途中困扰他的腿抽筋。难道现在又要抽筋了？这类事情是多么讨厌，老是纠缠不休的，简直愚蠢！那——那是什么？他突然仰面倒下，右手捂着胸口，然后一动不动。死一般的静止。左臂横放在迅速冷却的身体边。左手攥得有点紧，仿佛想用鱼际*将那突如其来的短暂的痛苦，像豹子一样跃到他身上的痛苦捏碎。帽子躺在上方离他稍远一点的地方，头

---

* 手掌外侧，大拇指下方突出的肌肉群。

微微斜向一边——这个沉默的散步者现在为圣诞的安宁提供了一个完美的形象。嘴是张开着的；仿佛纯净凉爽的冬天空气仍在他身上流动。不久后，两个男学生发现了他，他们从一百五十米外的曼泽尔家的农庄滑着雪橇过来，想看看是谁躺在雪地里。有个女人利用圣诞节，带着她的阿彭策尔犬从山谷上来看望父母，说她的狗今天表现很反常，总是狂吠不止，想挣脱绳索，冲向山坡方向，那里可能有某种异物。那会是什么呢？去看看吧，孩子们！

躺在雪坡上的死者是一位诗人，他喜欢冬天，喜欢雪花轻盈欢快的舞蹈——一位真正的诗人，像孩子一样渴望一个安静、纯净而充满爱的世界：

罗伯特·瓦尔泽。

SPRING 野
更具体地生长

特约编辑丨夏明浩
责任编辑丨夏明浩

营销总监丨张　延
营销编辑丨狄洋意　许芸茹　韩彤彤

版权联络丨rights@chihpub.com.cn
品牌合作丨zy@chihpub.com.cn

野 SPRING 望 MOUNTAIN

出品方　春山望野（北京）
文化传媒有限公司

Room 216, 2nd Floor, Building 1, Yard 31,
Guangqu Road, Chaoyang, Beijing, China